话说浙江·衢州

八路透三衢

丛书编写组 编

浙江古籍出版社

## 编纂指导工作委员会

主　任：赵　承
副主任：来颖杰　虞汉胤
成　员：（按姓氏笔画排序）
　　　　丁如兴　邓　崴　申中华　叶伯军　叶国斌
　　　　吕伟强　刘中华　芮　宏　张东和　金　彦
　　　　施艾珠　黄海峰　程为民　潘军明

## 专家指导委员会

主　任：陈尚君
成　员：（按姓氏笔画排序）
　　　　吴　蓓　尚佐文　陶　然　葛永海

## 本册编写人员（按姓氏笔画排序）

　　　　刘国庆　陈定謇　黄菁华

# 总　序

　　中国诗歌源远流长，姿态丰盈，溯其初始，皆以《诗三百》为中原之代表，以《楚辞》为南方的代表，浙江偏处东南，似皆无预。其实，万年上山遗址被誉为"远古中华第一村"，良渚遗址是实证中华五千多年文明史的圣地，越州禹庙的存在，知古越人对以编户齐民到三皇五帝传说之形成，也不遑多让。越地保存的《弹歌》："断竹，续竹；飞土，逐宍。"记录初始人民与百兽竞逐的生存状态，有可能是中国保存最早的古诗。而时代不晚于战国的《越人歌》，以"山有木兮木有枝，心说君兮君不知"的天籁之音，表达古越人两心相悦、倾情诉述的真意。从南朝时期的《阿子歌》《钱唐苏小歌》中，还能体会到古越民歌这种明丽之声的赓续和弘传。

　　秦并六国，天下设郡，会稽郡为三十六郡之一，也为越地州郡之始。到有唐一代，今浙江境内设有十州，虽历代区划皆有调整，省境规模大致底定。十一市的格局虽确定于晚近，但各市历史上无论称郡称州称府，无不文明昌盛，文士群出，文化发达，存诗浩瀚。就浙江在中华文化版图中日显昭著的地位而言，我们可以提到几个很特殊的时期。一是西晋末永嘉南渡，大批中原士族客居江南，侨居越中，越中山水秀丽，跃然于文化精英的笔端："千岩竞秀，万壑争流，草木蒙笼其上，若云兴霞蔚。"山阴道上，剡溪沿流，留下大量珍贵记录。南北对峙，南朝绵续，越地经济发展，景观也广为世知。二为唐代安史乱后，士人南奔，实现南北文化的再度融合。中唐伟大诗人白居易、韩愈、柳宗元、刘禹锡皆出身于北方文化世家，但出生或成长在江南。浙江东西道之设置将今苏南、浙江之地分为两道，其文化昌盛、诗歌丰富，已不逊于中原京洛一带。三是唐末大乱，钱镠祖孙三代割据吴越十四州，出身底层而向往士族文化，深明以小事大之旨，安定近百年，不仅使其家族成为千年不败、人才辈出的文化世家，也为吴越文化造就无数人才。四是靖康之变，宋室南渡，定都临安即今杭州，更使浙江成为全国的政治经济文化中心。此后九百年，浙江在全国举足轻重的地位，历经江山鼎革，人事迁变，始终没有动摇。

　　浙江人杰地灵，文化繁荣，山水奇秀，集中体现在每一时代、每一州郡，皆曾出现过一流人物，不朽著作，杰出诗篇。"诗话浙江"的编著，即以省内十一市域各为单元，选编历代最著名的诗篇，以在地的立场，重视本籍诗人，也不忽略游宦客居之他籍人士，务求反映本土之风光人情，家国情怀，文化地标，亲历事变，传达省情乡情，激发文化自信，培养乡土情怀，增进地方建设。

　　唐人元稹有"天下风光数会稽"（《寄乐天》）之句，引申说天下山水数浙江，应该不会有人反对。东晋孙绰《游天台山赋》以全景式的鸟瞰写出天台山之俊奇雄秀，王羲之约集家人朋友高会兰亭，借山水寄慨，是越中诗赋写山水之杰作。广泛游历，寄情山水，留下众多诗篇的刘宋大诗人谢灵运，以诗作为山水赋予了灵魂。本套丛书中杭州、绍兴、台州、温州、丽水、金华诸册，皆收有谢诗，如"林壑敛暝色，云霞收夕霏"之绚烂，"白云抱幽石，绿篠媚清涟"之妩媚，"明月在云间，迢迢不可得"之企羡，"池塘生春草，园柳变鸣禽"之惊喜，"乱流趋正绝，孤屿媚中川"之特写，"石浅水潺湲，日落山照曜"之素描，"崖倾光难留，林深响易奔"之观察，无不在瑰丽山川描摹中投入自己的真实情感，开创了山水诗的无数法门。此后的历代诗人，无论名气大小，游历深浅，无不步武谢诗，传达独到的观察与体悟，留下不朽的诗篇。

浙江各市皆有标志性的名山秀水，且因历代官民之开拓建设，历代文人之歌咏加持，而得名重天下。以旧州名言，台州得名于天台山；明州得名于四明山；处州本名括州，因括苍山得名，避唐德宗名而改；湖州得名于太湖。南湖烟雨，孕育出以朱彝尊为代表的浙西词派。西湖名重天下，离不开白居易和苏轼两位大诗人任职时的建设疏浚，更因他们写下无数脍炙人口的名篇而广为世人所知。有些名山云深道险，如雁荡山，弘传最有功者为唐末诗僧贯休，以兰溪人而得广涉东瓯名山，"雁荡经行云漠漠，龙湫宴坐雨蒙蒙"（《诺矩罗赞》）二句极其传神，此后方为世重。类似例子还有很多，读者可从全套丛书中细心阅读，会心感悟。

其实，山灵水秀触发了诗人的灵感，诗人的名篇也促使了人文景观的升华。兰亭是众所瞩目的名胜，还可以举几个特别的例子。南朝诗人沈约出任东阳太守期间，在金华建玄畅楼，常登楼观景抒情，更特别的是他还写了与楼相关的八首抒情长诗，世称《八咏诗》，名重天下，后人更将玄畅楼改名八咏楼，成为有名的故事。衢州烂柯山又名石桥山、石室山，因南朝任昉《述异记》云东晋王质入山砍柴迷路，遇二童子对弈，着迷而耽搁许久，欲归而发现斧柄已烂，从此有烂柯之名，且因此而成为围棋仙地。缙云仙都山以鼎湖峰最为著名，因其拔地而起高达一百七十多米的石柱而备受关注，传为黄帝置鼎炼丹或飞升处而知名，更成为国内著名的黄帝祭祀地，历代相关诗歌也很多。在历代诗人的共同努力下，浙江各市皆形成了有全国重大影响的山水名区与文化地标。近年在国内外有重大影响的浙东唐诗之路，借用唐代诗人宋之问《题杭州天竺寺》"待入天台路，看予度石桥"所言，即其起点是杭州（也有说法具体到渔浦潭），东行经绍兴、上虞，至剡溪经新昌、嵊州，目的地是天台山，沿途著名景点有镜湖、曹娥庙、大佛寺、天姥山、沃洲山、石梁飞瀑、国清寺等。六朝至唐的另一条诗路，则是从杭州溯钱江而上，经富阳、桐庐、兰溪、金华、丽水、青田而到温州，沿途名区也不胜枚举。近年经学者研究，唐诗之路其实遍布浙江的各个由水路和陆路形成的人文景观，在古迹复原、石刻调查、摩崖寻拓、驿路搜索等方面，都有许多新的发现，在此不能一一叙述。

　　浙江民风淳朴，勤劳奋发，但也有慷慨悲歌、报仇雪耻的另一面。春秋时代的吴越相争，槜李之战就发生在今嘉兴。后越王勾践在国破家亡之际，忍辱负重，卧薪尝胆，终得复国。浙江历代无数仁人志士，为国家民族生存，为乡邦安宁发展，曾做过许多可歌可泣的努力。舟山在浙江偏处边隅，有两段往事尤可称诵。一是南宋初金人南侵，宋高宗避地舟山，在海上漂泊数月，方得保存国脉。二是明清易代，浙东抗清武装退居海上，张煌言以身许国，以舟山为重要支点，坚持斗争，所作《翁洲行》倾诉了满腔爱国激情。同时陈子龙、顾炎武都有声援诗作。吴伟业所作《勾章井》写鲁王元妃的以身殉国，也可见其情怀所系。近代中国剧变，浙江受冲击尤剧，本书收入龚自珍、左宗棠、郭嵩焘、蔡元培、秋瑾、鲁迅等人诗作，分别可以看到有识之士在世变中对自改革的呼吁、守卫国家领土的努力、放眼看世界的鸿识、反抗清王朝的革命，以及创造新文化的勇气。虽然人非皆浙籍，诗或因他故，他们的功绩是应该记取的。

　　浙江海岸线漫长，自古即多良港，由于洋流的原因，日本遣唐使和学问僧多以越、明、台、温四州为到达和返国之地。名僧最澄、空海、圆仁、圆珍都在诸州广交友人，广参名僧，访求典籍，体悟佛法，归国后分别弘传天台宗和真言宗（空海在长安得法于青龙义操），写就中日文化交流的重要一笔。圆珍在中国的授法僧清观，曾寄诗圆珍，有"叡山新月冷，台峤古风清"（全篇不存）二句，传达中日佛教界的血脉亲情。宋元之间的一山一宁、无学祖元，再度东渡，在日本弘传临济禅法。至于儒学东传，特别要说到明清之际的朱之瑜（舜水），在长期抗清斗争失败后，他东渡日本，受到江户幕府的热忱接纳，开创水户学派，弘扬尊王攘夷的学说，成为日本后来明治维新的重要思想资源。至于宁波开埠以后西学的传入，也可从许多诗作中得到启示。

至于浙江对中国学术文化的贡献，可讲者太多，大多也可在本套丛书中读到。先从天台山说起。佛教天台宗创始于陈隋之际的智者大师智𫖮，其辨教思想与天台法理，皆使佛教中国化达到了空前高度。数传而不衰，更在日本发扬光大。天台道教则以桐柏宫为最显，司马承祯为宗师，与茅山、龙虎山并峙为江南三重镇。缙云道士杜光庭避乱入蜀，整理道藏，贡献巨大。寒山是天台的游僧，他书写于山岩石壁上的悟道喻世诗作，由道士徐灵府整理成集，流传不衰，并在现代欧美产生广泛影响。道士而为僧人整理遗篇，恰是三教和合的佳话。至于宋末元初三大家王应麟、胡三省、马端临，皆生长著述于浙东，而清初三大启蒙思想家中的黄宗羲也是浙人。黄宗羲子黄百家，更是中国弘传哥白尼日心学说之第一人。更应说到宋陆九渊、明王守仁倡导的儒家心学一派，明末影响巨大，至今仍受广泛注意。至于朱子后学如慈湖杨简、东发黄震，亦曾名重一时。本套丛书以介绍诗词为主，于学术文化亦颇有涉及，读者可加以关注。

浙江物产丰饶，各市县乡镇都有各自的特产与名品。如果举其大端，则为茶、绸、果、笋。茶圣陆羽是今湖北天门人，但他成名则在今湖州与江苏常州共有的顾渚茶山。陆羽不仅致力于茶的采摘与制作工序，更讲究茶的烹煮和水的选择，曾设计组合茶具套装。陆羽存诗不多，但湖州历代咏其茶艺之诗络绎不绝。白居易《缭绫》写越州所贡罗绡纨绮，有"应似天台山上月明前，四十五尺瀑布泉"的描述，进而质问："织者何人衣者谁？越溪寒女汉宫姬。"直至近代，湖丝、杭绸一直广销世界。浙江果蔬丰富，如余姚杨梅、黄岩蜜橘、嘉兴檇李、湖州莲子、绍兴荷藕，皆令人齿颊生津，品啖称快。竹林遍布浙江，既可采以制作器具，又可食其初笋而得天然美味。宋初僧赞宁撰《笋谱》，主要采样于天目山笋。古代文人以竹取其高雅，食笋更见其清新出俗，在诗中也多有表达。

本套丛书由中共浙江省委宣传部策划指导，十一个市委宣传部组织编写，由浙江古籍出版社出版。各市对地方文献及历代诗歌皆有长期积累与研究，故能在较快时间内完成书稿，数度改易增删，以期保证质量。然而从浙江历代浩瀚的典籍中选取为一般读者喜闻乐见的作品，叙述作者生平事迹，准确录文并解释，深入浅出地品赏分析，实在不是一件很容易的事情。出版社邀请省内专家审稿，提出问题疑点，纠正传本讹脱，皆已殚尽心力。比如明唐胄的《衢州石塘橘》诗中"画舫万笼燕与魏"，与下句"青林千顷鹿和狮"比读，初以为指牡丹，但"燕"字无着落，经反复查证，方知"燕与魏"指燕文侯、魏文帝关于柑橘的两个典故。再如文天祥经温州所写诗，通行本作"暗度中兴第二碑"，中兴碑当然指湖南浯溪颜真卿书元结《大唐中兴颂》，然"暗度"该作何解？经查明刻本《文山先生全集》收的《指南录》作"暗读"，诗意豁然明朗,即文天祥在人生最困难的时刻,仍然没有放弃奋斗的目标,希望大宋再度中兴。

  我们深知,作者与编辑发现并妥善解决的疑点,只是众多存疑难决问题中的一部分。整套书希望给读者提供一份浙江各地诗词的丰盛大餐,但烹制难以尽善尽美,肯定还有不足之处,敬俟读者批评指正,以期后续修订完善。

陈尚君

2024 年 11 月

# 前　言

作为"诗话浙江"丛书的分册,《天路透三衢》如期出版了。春花初绽,秋实满载,可喜可贺。一部"在地"的诗词汇编,某种意义上也是一部方志,举凡历史沿革、山川物产、风土人情、名胜古迹等,都通过诗人的生花妙笔,描绘得栩栩如生,成了鲜活的历史回顾片和风光解说词。

衢州在隋唐之前尚属偏鄙之地,"龙丘""石室"之类,常撷拾无凭。偶有仕宦流寓,如李祎、孟郊、白居易、罗隐等诗人,间发清音,但吉光片羽,未成气候。五代之际,地处吴越、南唐腹地的浙江西部,成了乱世中的桃源,大诗人贯休和韦庄避居瀔水之滨,秋山入梦,春水如蓝,彼此更唱迭和,成就了一段相视莫逆的情谊。

历经休养生息,至北宋如遇春风,骤然间百花烂漫。其时衢州人口之众,财税之丰,脱颖两浙,映照东南。北宋时浙江第一位状元程宿来自钱江源头的开化,衢州中进士者数量也独步两浙。赵湘步趋南唐,成为衢州第一位有诗集传世的作者,其孙赵抃诗风谐婉,赵抃孙婿毛滂别开生面,被尊为宋词"潇洒派宗主"。而在朝廷主管乐律的大晟府中,衢州人就占据两席。南渡之后,首揭"江西派"大纛的吕本中蛰居衢巷,中兴名相赵鼎贬处黄岗,词中大家李清照点点滴滴听雨南窗,辛弃疾潇潇洒洒策马北陇,南宋中兴四诗人如陆游、杨万里盘桓甚久。而继孔氏南宗以衢州为东南阙里，大儒朱熹、吕祖谦往还不断，更使毗邻衢州的东南一带，成了理学渊薮、东南儒学走廊。此后江湖派诗人、永嘉四灵和晚宋词家周密、蒋捷接踵流连，张道洽、柴望等本籍诗人也戛戛独造，一条衢江人杰地灵，三百年钟灵毓秀。

迨元明两朝，两位元曲巨擘张可久和薛昂夫先后莅政，或策驴看梅，或围炉饮酒，烂柯山一时成了文人雅集的胜地。鲜于枢、马祖常、萨都剌、余阙、张以宁不同凡响的诗作，更添衢州山水别样风姿和中华诗坛多彩篇章。而后刘基、袁敬所或意气风发，或穷且益坚，大张明诗旗帜。大哲学家王守仁多次往返衢州，各地讲会兴盛，唱和蝉联，求道游艺翕然成风，衢州俨然成了心学重镇和诗家桃源。胡宗宪主持东南抗倭，诗人徐渭、沈明臣参赞军事，也在烂柯山高奏凯歌，刻石庆功。戏曲家屠隆、汤显祖以余事吟诗，蹙金结绣，惊才绝艳。衢江东西商帮熙来攘往，常玉古道贾客摩肩接踵，地方官建言修运河连通浙赣，后人也咏诗以纪。这几百年间，烂柯山成了诗人流连最多的山，浙赣间的草萍则成了被咏吟最多的驿站。

有清一代，衢州数次成为浙闽总督驻地，统辖两省军政。清初总督府移衢，在此运筹经略征讨郑成功，使郑氏无法立足浙闽陆地，返身东渡收复台湾。而后在平定三藩和太平天国起义时，衢州以孤城砥柱一方，俨然东南枢纽、浙闽锁钥。其间多首诗入选《清诗别裁集》，仙霞古道成了缤纷的"清诗之岭"。之后，宣城派的施闰章、秀水派的朱彝尊和钱载、宗宋派的查慎行、饴山派的赵执信、性灵派的袁枚、江西派的蒋士铨等各方名家纷至沓来，戏曲家李渔和洪昇也独出机杼，衢州的青山绿水让他们诗兴大发，留下不少鸿篇佳构。衢州本土作者也多与各方大家诗文往还，写出更多接地气的美丽篇章。晚清的左宗棠、江湜、郭嵩焘，目睹波谲云诡的千年变局，也慷慨赋诗，缘情述怀，为古代衢州诗词留下一抹夕阳无限好的亮色。

衢山苍苍，瀫水泱泱，亿万年的地质运动造就了这方土地的自然样貌，生于斯长于斯游于斯的先民，日出而作、日落而息之外，也孕育了充满诗意的浙西。今人所谓诗意栖居的核心，也就是诗化万物，通过文学或艺术的形式，将自然界的诸般样貌和对生活的感悟，转化为具有美学价值的对象、精神意义的寄托，使它们不仅仅是一种物理存在，更是成为具有深刻意境和情感表达的艺术载体，借此提升人们对美的认知和对生命的理解。

"天路透三衢"，愿这本小书能为南孔圣地锦上添花。

本册编写组

2024 年 11 月

# 目 录

## 先 唐

江 总
　　入龙丘岩精舍 …………………………………… 003

## 唐五代

李 祎
　　登石桥寻王质观棋处 …………………………… 007

耿 沣
　　仙山行 …………………………………………… 010

孟 郊
　　峥嵘岭 …………………………………………… 012
　　烂柯石 …………………………………………… 013

刘禹锡
　　衢州徐员外使君遗以缟纻兼竹书箱因成一篇用答佳贶
　　  ………………………………………………… 015

白居易
　　江郎山 …………………………………………… 017

项 斯
　　游烂柯山 …………………………………………… 019
贯 休
　　溪江秋居作 ………………………………………… 021
罗 隐
　　龙丘东下却寄孙员外 ……………………………… 023
韦 庄
　　衢州江上别李秀才 ………………………………… 025

## 宋 元

胡 宿
　　三衢道中马上口占 ………………………………… 029
赵 抃
　　题衢州唐台山 ……………………………………… 031
王安石
　　寄平甫弟衢州道中 ………………………………… 034
余安行
　　龙游舟中遇立冬 …………………………………… 036
毛 滂
　　摊破浣溪沙 ………………………………………… 038

范　冲
　　石桥（其二）……………………………………………040
程　俱
　　戊午岁九日复与叔问登城楼再用前韵作……………042
李清照
　　忆秦娥……………………………………………………044
曾　幾
　　三衢道中…………………………………………………046
赵　鼎
　　用元长韵赠空老…………………………………………048
韩　驹
　　梅花八首（其五）………………………………………050
陈与义
　　题江参山水横轴画俞秀才所藏（其二）………………052
魏　矼
　　闲　居……………………………………………………054
黄公度
　　仙霞道中阻雨……………………………………………056
陆　游
　　夜行宿湖头寺……………………………………………058
　　奏乞奉祠留衢州皇华馆待命……………………………059

## 杨万里

过招贤渡 ········································· 061

江山道中蚕麦大熟三首 ························· 062

九月一日夜宿盈川市 ····························· 063

## 朱　熹

游烂柯山 ········································· 065

汪端斋听雨轩 ····································· 066

## 项安世

常山县 ············································ 068

## 辛弃疾

江郎山和韵 ······································· 070

浣溪沙 常山道中即事 ······························· 072

## 赵　蕃

衢州城外 ········································· 073

## 翁　卷

泊舟龙游 ········································· 075

## 戴复古

过三衢寻乡僧适遇爱山徐叔高同访郑监丞其家梅园甚佳选百家诗 ········································· 077

## 赵汝𬭚

招贤渡溪阁晚望 ································· 079

曾从龙
　　题衢州顺溪馆 …………………………………… 081
卓　田
　　好事近 三衢买舟 ……………………………… 083
郑　会
　　题邸间壁 ………………………………………… 085
刘克庄
　　江山道中 ………………………………………… 087
　　赵清献墓 ………………………………………… 088
柴　望
　　和通判弟随亨书感韵 …………………………… 090
柴元彪
　　游江郎山 ………………………………………… 092
王　恽
　　龙游道中 ………………………………………… 094
周　密
　　长亭怨慢 怀旧 ………………………………… 096
蒋　捷
　　一剪梅 宿龙游朱氏楼 ………………………… 098
鲜于枢
　　石桥山留题 ……………………………………… 100

吴师道
　　衢州超化寺 …………………………………… 102

张以宁
　　常山县 ………………………………………… 104

余　阙
　　龙丘苌吟赠程子正 …………………………… 106

萨都剌
　　三衢马太守昂夫索题烂柯山石桥 …………… 109

## 明　清

刘　基
　　早发衢州道中 ………………………………… 113

袁敬所
　　题文笔峰 ……………………………………… 115

韩　雍
　　延常山杨医师灸火诗以酬之 ………………… 117

林　俊
　　草萍驿 ………………………………………… 119

唐　胄
　　衢州石塘橘 …………………………………… 121

王守仁
　　书草萍驿（其一）……………………………… 123
黄　衷
　　马金镇 …………………………………………… 125
祝　望
　　石处山居二首 …………………………………… 127
方　豪
　　西高峰 …………………………………………… 129
吾　谨
　　天童山 …………………………………………… 131
胡宗宪
　　同幕客徐天池沈勾章秀才翠光岩看渡兵……… 133
沈明臣
　　凯　歌 …………………………………………… 135
徐　渭
　　江郎山 …………………………………………… 137
童　珮
　　秋日过真武山宿豸屏道院（其一）…………… 139
陈　第
　　常山别戚南塘都护归宿玉山有作……………… 142

屠　隆
　　太末道中 ································ 144

汤显祖
　　凤凰山 ·································· 146

唐汝询
　　登楼有感 ································ 148

米万钟
　　烂柯山观仙弈二首 ························ 150

王思任
　　常山道中 ································ 152

黄淳耀
　　草萍驿有感 ······························ 154

许　楚
　　浮丘仙亭歌 ······························ 156

李　渔
　　自常山抵开化道中即事（其四） ············ 158

施闰章
　　仙霞岭雾雨 ······························ 160

毛奇龄
　　过信安殷浩宅示田甥有序 ·················· 162

洪　昇
　　衢州杂感（其五）…………………………………… 164
沈受宏
　　衢州书事 ………………………………………………… 166
查慎行
　　度仙霞关题天雨庵壁 ………………………………… 168
赵执信
　　泊常山明日将山行 …………………………………… 170
陈鹏年
　　浮石即事 ………………………………………………… 172
陈至言
　　月夜登姑蔑城楼 ……………………………………… 174
桑调元
　　龙　游 …………………………………………………… 176
黄图珌
　　雪后仙霞道中笔 ……………………………………… 178
曹锡珪
　　定阳春夜书怀 ………………………………………… 180
袁　枚
　　坐萝荙船到西安 ……………………………………… 182

蒋士铨
　　过衢州二首 ·················· 184

朱　珪
　　谒夫子家庙示孔氏诸生用前移居二首韵·········· 186

赵文楷
　　宿樟树潭二首 ················· 189

吴荣光
　　衢　州 ···················· 191

汤贻汾
　　北禅寺看花 ·················· 193

徐　荣
　　池淮道中 ···················· 195

黄爵滋
　　衢州舟次除夕 ················· 197

徐继畲
　　三江竹枝词（其一） ·············· 199

林寿图
　　峡　口 ···················· 200

左宗棠
　　壬戌九日军次龙丘作 ·············· 202

**郭嵩焘**
  衢州夜雨 ·················································· 204

**参考文献** ·················································· 206
**后　记** ·················································· 212

浙江诗话

# 先唐

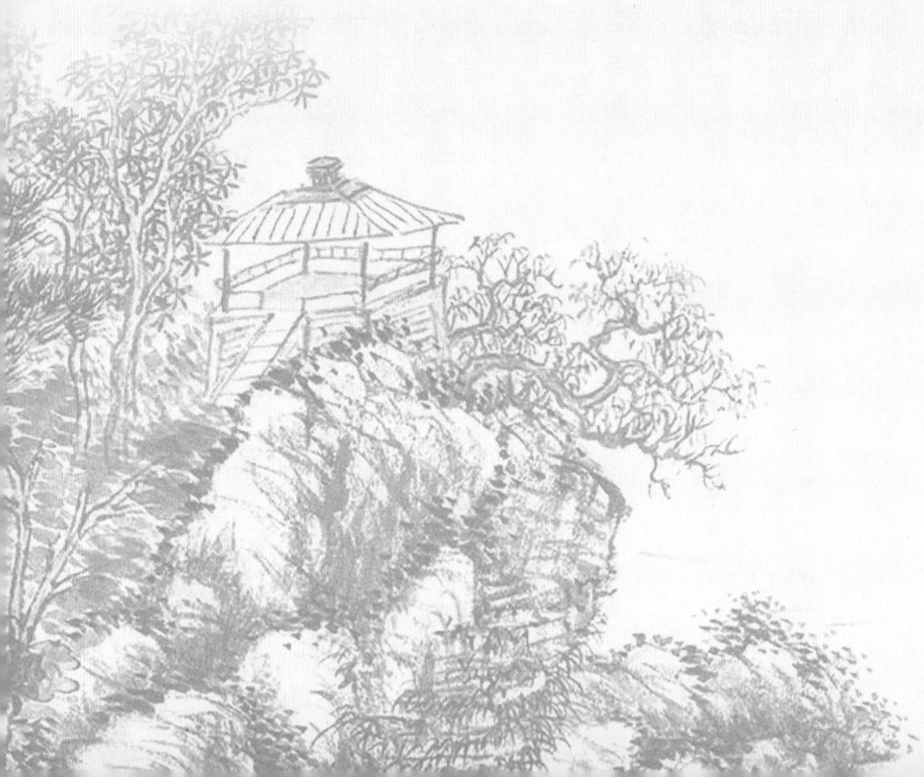

# 江　总

江总（519—594），字总持，济阳考城（今河南兰考）人。出身高门，幼聪敏，有隽才，梁武帝时历任太子中舍人等。侯景之乱后流寓岭南。入陈为太子詹事，官至尚书令，故世称"江令"。陈亡入隋。明人辑有《江令君集》。

## 入龙丘岩精舍[1]

法堂犹集雁，仙竹几成龙。[2]

聊承丹桂馥，远视白云峰。

风窗穿石窦，月牖拂霜松。[3]

暗谷留征鸟，空林彻夜钟。[4]

阴崖未辨色，叠树岂知重。

溘此哀时命，吁嗟世不容。[5]

无由访詹尹，何去复何从。[6]

（《江令君集》卷二）

## 注　释

[1]龙邱岩：即龙丘山，又称九峰山，在今龙游东三十五里处。《东阳记》云："龙丘山有九石，特秀林表，色丹白，远望尽如莲花，龙丘苌隐居于此，因以为名。"　　[2]法堂：寺院中演经说法的讲堂。　　[3]石窦：石头间的孔穴。　　[4]征鸟：远飞的鸟。　　[5]溘：突然。　　[6]詹尹：古代卜筮者之名，后指代善卜者。

## 赏　析

　　江总历经梁、陈、隋三朝，在动荡的社会背景下，末世情结在诗人的心中投下斑驳的阴影。这首诗当作于侯景之乱后，当时，江总避难会稽后前往岭南，途中夜宿龙丘寺时作此诗。全诗通过对自然景观和寺庙环境的描写，烘托出诗人心绪的孤独和对前途的迷惘，抒发个人在动乱年代的无奈与对现实的不满。

浙江诗话

唐五代

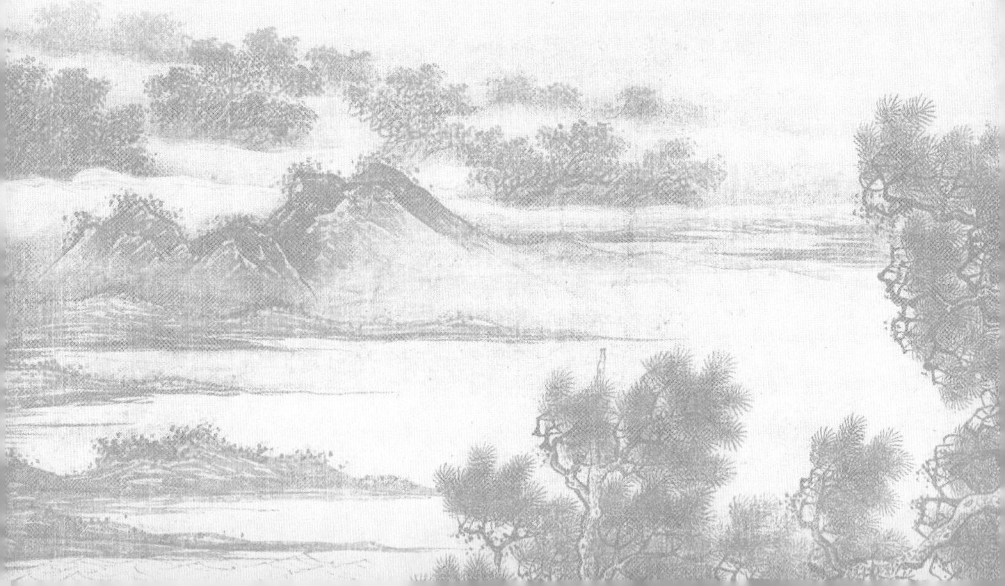

# 李 祎

李祎（？—743），唐太宗李世民曾孙，吴王李恪孙。开元十二年（724）封信安郡王。开元二十年（732）拜河东、河北道行军副大总管讨奚及契丹，大破两蕃之众。当时大诗人李白有《送梁公昌从信安王北征》诗，高适也有《信安王幕府诗》反映李祎出征之事。开元二十二年（734），迁兵部尚书，因事再贬衢州刺史。天宝初致仕。

## 登石桥寻王质观棋处 [1]

别有经行所，迥跨重峦侧。

粤因求瘼余，倏想寻真域。

放情恣披拂，杖策聊□□。

□□□□□，□□□□色。

虬幡雾中见，雁塔云间识。

薄烟幂远郊，遥峰没归翼。[2]

仙桥危石架，幽洞乘□□。

□□□□□，□□□易测。

二教无先后，一相平而直。

冀兹捐俗心，永怀依妙力。

（《唐五代诗全编》卷三六三）

## 注　释

[1]《全唐诗》有题序："在衢之烂柯山，即王质看仙人弈棋处也。诗有贞元二年严绶石刻记。诗内缺二十一字。"石桥：即石桥山，又名石室山、烂柯山，在今衢州城南，是浙江著名的名胜风景区，被誉为"围棋仙地"。此处群山盘回，景色幽邃，主峰如一座巨大的石桥，石梁下主洞高十米，东西宽三十米，南北深二十米，因名石桥山。王质：南朝梁任昉《述异记》记载，晋人王质到石室山砍柴，见有童子下棋，便放下斧子观棋。童子给他一枣核状的东西，吃了不觉饥渴。不久，童子问："你怎么还不走呢？"王质去拿斧子，斧柄竟然已经朽烂了。等王质回到家，发现已过去数百年，此后人们就称此山为"烂柯山"。　[2]幂：覆盖，遮盖。

## 赏　析

此诗为迄今所知最早咏烂柯山的诗歌，刻在一块高四尺、宽一尺九寸的石碑上，立在烂柯石室右侧。明代文学家杨慎看后拍手称绝，其《升庵诗话》中记载："衢州烂柯桥断碑诗不全，中有句云：'薄烟幂远郊，遥峰没归翼。'可谓奇绝，盖六朝人语，唐人罕及也。又传为古仙句也。"黄昏时分，暝色四起，远远的峰峦如抹上了迷离轻烟，颇具朦胧之美。晚归的鸟儿扇动着双翅，在天地交汇处与暮色融为一体，可与王勃"落霞与孤鹜齐飞，秋水共长天一色"媲美。

明　董其昌　秋山图（局部）

# 耿 沣

耿沣（？—约787），字洪源，河东（今山西永济西南）人。唐宝应年间进士及第，入朝为左拾遗。工诗，大历年间与钱起、卢纶、司空曙诸人齐名，号"大历十才子"。曾以左拾遗充括图书使赴江淮。

## 仙山行[1]

深溪人不到，杖策独缘源。[2]

花落寻无径，鸡鸣觉近村。

数翁皆藉草，对弈复倾尊。

看毕初为局，归逢几世孙。

云迷入洞处，水引出山门。

惆怅归城郭，樵柯迹尚存。

（《唐五代诗全编》卷三六五）

## 注 释

[1]仙山：指烂柯山。　[2]缘源：沿着溪流。

明　蒋乾　山水人物

## 赏　析

　　据考证，大历十年（775）左右，朝廷派左拾遗耿湋到南方访求秘本遗籍，搜括图书，此诗应该就是这一时期的作品。诗歌开篇就有一种清冷的氛围扑面而来，诗人踽踽独行于人迹罕至的佳处，前不见古人，后不见来者，但没有陈子昂呼天抢地的悲怆，诗中充满了一种独享清幽的愉悦。"大历十才子"以写境界淡远、深冷、幽僻的山水诗见长，善于运用细微清幽的自然意象，以一二联诗句就勾勒出"诗中有画"的优美诗境，但往往构不成通篇浑融一气的意境，耿湋之诗也明显具有这种共性。

# 孟 郊

　　孟郊（751—814），字东野，湖州武康（今浙江德清）人。贞元十二年（796）进士。孟郊工诗，因其诗多寒苦之音，以感伤自身遭遇，且用字造句力避平庸浅率，追求瘦硬。与贾岛齐名，并称"郊寒岛瘦"。有《孟东野诗集》。孟郊早年周游各地，无所遇合，屡试不第，曾乘舟溯钱江而上，沿途留下佳作。

## 峥嵘岭 [1]

疏凿顺高下，结构横烟霞。

坐啸郡斋肃，玩奇石路斜。

古树浮绿气，高门结朱华。[2]

始见峥嵘状，仰止逾可嘉。[3]

（《孟郊集校注》卷九）

### 注　释

[1]峥嵘岭：位于今衢州老城区东南隅，与龟峰合称府山，也常以"峥嵘岭"代指府山。府山林木葱郁，亭台楼阁曲径通幽，历代为州、路、府治所，府山之名由此而来。　[2]朱华：泛指红色的花。
[3]仰止：仰慕，向往。

## 赏　析

  此诗为孟郊流连衢州时的佳作。诗中生动地描绘了峥嵘岭的自然景观，"坐啸"表现出诗人的闲适和超脱，"玩奇"则增添了诗中的趣味性和画面感。诗人接着进一步描绘了峥嵘岭的古树参天、绿意盎然，万绿丛中几点红花点缀，展现出自然与人文的和谐统一。最后，虽是初次短短相见，诗人仍充满欣喜，表达了对峥嵘岭美景的赞叹之情。

## 烂柯石

仙界一日内，人间千岁穷。

双棋未遍局，万物皆为空。[1]

樵客返归路，斧柯烂从风。

唯余石桥在，犹自凌丹虹。[2]

（《孟郊集校注》卷九）

## 注　释

[1]双棋：围棋分黑白两色，这里指围棋。　[2]丹虹：原指赤色的虹，也喻飞架的桥梁，这里指赤赭色的烂柯石桥。

## 赏 析

孟郊是一位"语不惊人死不休"的苦吟诗人,自称"夜吟晓不休,苦吟鬼神愁。如何不自闲,心与身为仇"。《烂柯石》诗就是似浅实深的佳构,不以字胜,不以句显,而以浑然的整体,显示出作者的大力深功。诗歌开篇点明"仙界一日"与"人间千岁"的时间差异,中间两联讲述沧海桑田的烂柯故事,最后以石桥的永恒对比世事无常,余韵悠长。

明　徐渭　烂柯图

# 刘禹锡

刘禹锡（772—842），字梦得，洛阳（今属河南）人。贞元九年（793）进士及第，贞元末年参与"永贞革新"，失败后屡遭贬谪。开成元年（836）迁太子宾客，世称"刘宾客"。有《刘梦得文集》。他的《竹枝词》《杨柳枝词》《乌衣巷》等均为传世名篇。有《酬乐天扬州初逢席上见赠》诗，其中"怀旧空吟闻笛赋，到乡翻似烂柯人"成为千古名句。

## 衢州徐员外使君遗以缟纻兼竹书箱因成一篇用答佳贶 [1]

烂柯山下旧仙郎，列宿来添婺女光。[2]

远放歌声分白纻，知传家学与青箱。[3]

水朝沧海何时去，兰在幽林亦自芳。

闻说天台有遗爱，人将琪树比甘棠。[4]

（《刘禹锡集》卷二四）

## 注 释

[1] 徐员外使君：即徐放，字达夫，元和九年（814）为衢州刺史。缟

纻：白色生绢及细麻所制的衣服。佳贶：对他人的恩惠或赠予财物的美称。[2]婺女：星宿名，分野在金、衢一带。　　[3]白纻：乐曲名，流行于吴地。青箱：收藏字画的箱子。据《宋书·王淮之传》，王淮之的曾祖王彪之博闻多识，练悉朝仪，家世相传，并谙江左旧事，都封藏在青箱里。后即以"青箱"指世代相传的家学。　　[4]琪树：仙境中的玉树。孙绰《天台山赋》："琪树璀璨而垂珠。"甘棠：比喻官员惠政遗爱。

## 赏　析

　　《左传》记载，季札与子产一见如故，互赠"缟带"与"纻衣"，因此"缟纻"此后喻指深厚的友谊。千里之外，衢州刺史徐放给刘禹锡寄赠"缟纻兼竹书箱"，后者因此写诗答谢友人的"佳贶"，把友人所赠衢州特色的礼物，用意象美好、意味隽永的对句绾结。此后，诗人又以"遗爱""甘棠"夸赞友人在衢州政绩突出、深受爱戴。整首诗流露出诗人与友人之间的深情厚谊。

# 白居易

白居易（772—846），字乐天，晚号香山居士，又号醉吟先生。原籍太原（今属山西），后迁居下邽（今陕西渭南北）。贞元十六年（800）进士及第，官至刑部尚书。著有《白氏长庆集》。白居易长庆二年（822）七月自中书舍人任杭州刺史，至长庆四年（824）五月授太子左庶子分司东都。

## 江郎山

林虑双童长不食，江郎三子梦还家。[1]

安得此身生羽翼，与君来往共烟霞。

（《白居易诗集校注》外集卷下）

### 注 释

[1] 林虑双童：据《颜修内传》记载，桥顺有二子璋、瑞，拜仙人卢子基为师，在隆虑山学习清虚之术，服飞龙药一丸，千年不饥。曹丕诗云："西山有双童，不饮亦不食。"隆虑山，后改名为林虑山，在今河南林州，为太行主峰之一，以奇险壮观著称。江郎三子：江郎山由郎峰、亚峰和灵峰三座巨石峰组成，传说为江郎、江亚、江灵兄弟三人化石而成。

## 赏　析

　　这是现存最早赞美江郎山的诗歌。江郎山以其独特的自然景观和丰富神奇的文化内涵，吸引着众多的文人墨客到此一游。白居易这首诗以"林虑双童""江郎三子"两个奇幻的故事开篇，表达出诗人对在天地间自由遨游的向往。他恨不得身生双翼，徜徉在江郎山的岚光烟霞中。诗人描绘了一个理想化的人与自然的世界。白居易的诗歌题材广泛，形式多样，语言平易通俗，思想则综合了儒、佛、道三家，他的字"乐天"就反映了他达观的人生态度。

# 项 斯

项斯，生卒年不详，字子迁，台州乐安（今浙江仙居）人。会昌四年（844）进士，任丹徒县尉。有诗名。项斯曾以诗谒杨敬之，杨敬之爱其诗，有"平生不解藏人善，到处逢人说项斯"句，"逢人说项"由此而来。有《项斯诗集》。

## 游烂柯山

步步出尘氛，溪山别是春。
坛边时过鹤，棋处寂无人。
访古碑多缺，探幽路不真。
翻疑归去晚，清世累移晨。[1]

（《唐五代诗全编》卷六八三）

**注 释**

[1]清世：清平世界。移晨：指时间流逝。

**赏 析**

项斯早年道服鹤氅，多方游历，到衢州烂柯山下，写下了这首《游烂柯山》。乌溪江桃花流水窅然而去，烂柯山野芳缀峦，郁焉生香。诗人描述了自己走出尘世喧嚣，置身于烂柯山这片宁静、春意盎然的景色中"访古""探幽"的感受。但转而心生疑虑，怕自己沉浸在山水中像王质一样忘记了时间的流逝，人世间已经悄然度过漫长岁月。这种对时间感的描绘，进一步增强了诗歌的韵味和深度。

明　董其昌　纪游图（局部）

# 贯 休

贯休（832—912），俗姓姜，字德隐，号禅月大师，婺州兰溪（今属浙江）人。大中六年（852）受具足戒后，在五泄山修习苦行十年。天复元年至三年间（901—903）西行赴蜀，受到蜀主王建厚遇，终老蜀中。著有《西岳集》，死后弟子昙域重编为《禅月集》。贯休早有诗名，多讥切时事、反映现实，风格奇崛，一生游历过许多地方，曾建龙游石壁寺。

## 瀫江秋居作

无事相关性自摅，庭前拾叶等闲书。[1]

青山万里竟不足，好竹数竿凉有余。

近看老经加淡泊，欲归少室复何如。[2]

面前小沼清如镜，终养琴高赤鲤鱼。[3]

（《禅月集校注》卷二一）

### 注 释

[1] 摅：舒张的意思。　[2] 少室：嵩山西峰，其地有少室寺、少林寺等。　[3] 琴高：传说战国时期赵国的琴高，善鼓琴，是宋康王的舍

人。他修习仙术，能在水上行走，曾浮游冀州、涿郡之间两百多年。他有一天说要到涿水中取龙子，并和弟子约定了归来的时间，到了归期，琴高果然乘坐红鲤鱼而来。

## 赏　析

　　此诗是贯休住持龙游石壁寺时所作。首联描述了诗人秋居的悠闲生活，透出"若无闲事挂心头，便是人间好时节"的心境。"拾叶"，也可理解为拾取树叶，夹在书本中，以此留住美好的时日。颔联、颈联揭示了诗人有青山、好竹相伴，用心研读经典，追求淡泊宁静的生活。尾联以景结情，通过描绘面前清澈如镜的小池塘和池中养着的赤鲤鱼，寄寓对超凡脱俗生活的向往。

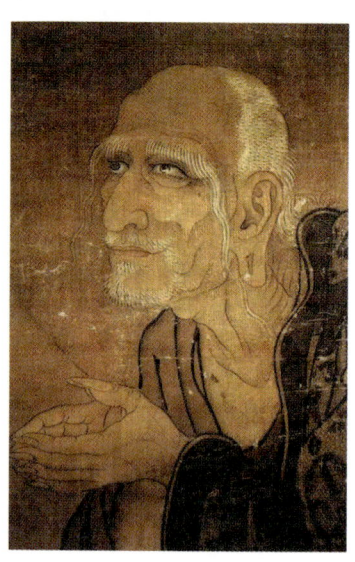

五代　贯休　十六罗汉图（局部）

# 罗 隐

  罗隐（833—910），原名横，字昭谏，自号江东生，杭州新城（今杭州市富阳区）人。屡试不第。光启三年（887）归谒杭州刺史钱镠，被辟为从事，又表为钱塘县令，后授司勋郎中、镇海节度判官等职。后梁开平二年（908）授吴越国给事中。与罗虬、罗邺并称"三罗"。著有《甲乙集》《谗书》等。

## 龙丘东下却寄孙员外 [1]

縠江东下几多程，每泊孤舟即有情。[2]
山色已随游子远，水纹犹认主人清。
恩如海岳何时报，恨似烟花触处生。
百尺风帆两行泪，不堪回首望峥嵘。[3]

（《罗隐集校注·甲乙集》卷一一）

## 注　释

[1] 龙丘：即今龙游。秦时设太末县，隋废，唐贞观八年（634）复置，更名为龙丘。五代吴越宝正六年（931），吴越王钱镠以"丘"为陵墓义不吉，又据县邑丘陵起伏如游龙状，遂改龙丘为龙游。孙员外：即孙玉

汝，会昌四年（844）进士，咸通中出为衢州刺史。　　[2]縠江：即衢江，古称縠水、瀫水，又称信安溪、信安江、衢港等。　　[3]峥嵘：峥嵘岭，借指衢州。

## 赏　析

　　罗隐科考失利，漂泊钱江东西时，遇到衢州刺史孙玉汝，两人一见如故。这首诗描绘了诗人乘船离开衢州沿瀫江东下，停泊龙游时的感触。离别后诗人踏上了漫长的旅途，心中不时涌起对友人的深深思念和感激之情。山色随着游子的远去而逐渐模糊，诗人与友人的距离越来越远，水纹却依然清晰可辨，如同好友的清高与纯洁。这里运用了移情的手法，赋水纹以人的情感，增强了诗歌的感染力。尾联以景结情，将诗人的情感推向了高潮，百尺风帆象征着诗人远大的志向和抱负，两行泪水则揭示了他内心的痛苦与无奈，表达了诗人对在衢州受到的款待和赏识的感慨与怀念。

# 韦 庄

韦庄（约836—910），字端己，长安杜陵（今陕西西安）人。乾宁元年（894）进士及第，历任拾遗、左补阙。天复元年（901）入蜀，任王建掌书记。劝王建称帝建立蜀国，授左散骑常侍，迁吏部侍郎、同平章事，成为前蜀开国宰相。有长诗《秦妇吟》，反映战乱中妇女的不幸遭遇，与《孔雀东南飞》《木兰诗》并称"乐府三绝"。韦庄以花间词闻名，与温庭筠并称"温韦"。著有《浣花集》，又编《又玄集》。

## 衢州江上别李秀才

千山红树万山云，把酒相看日又曛。[1]
一曲离歌两行泪，更知何地再逢君。

（《才调集》卷三）

## 注 释

[1]曛：昏暗。

## 赏　析

韦庄流落江南时，曾在衢江边的农村度过一段相对宁静的隐居生活。后从衢州前往南方，与友人在此别过。此诗开篇以"千""万"极言背景之大，仿佛整个天地都为之凄绝，一派老树枯藤、愁云惨雾的模样。日西沉了，该分手了。人在潦倒时，唯有友谊最珍贵。一叠阳关曲，双泪落君前，何年何月才能再相逢。韦庄此诗糅进了高适"千里黄云白日曛"、王维"劝君更尽一杯酒"的境界，明代诗评家周珽评韦庄此诗："别情婉至，黯然魂消。又俱一气清空，全不着力，妙。"

清　张崟　山色云光图（局部）

浙江诗话

# 宋元

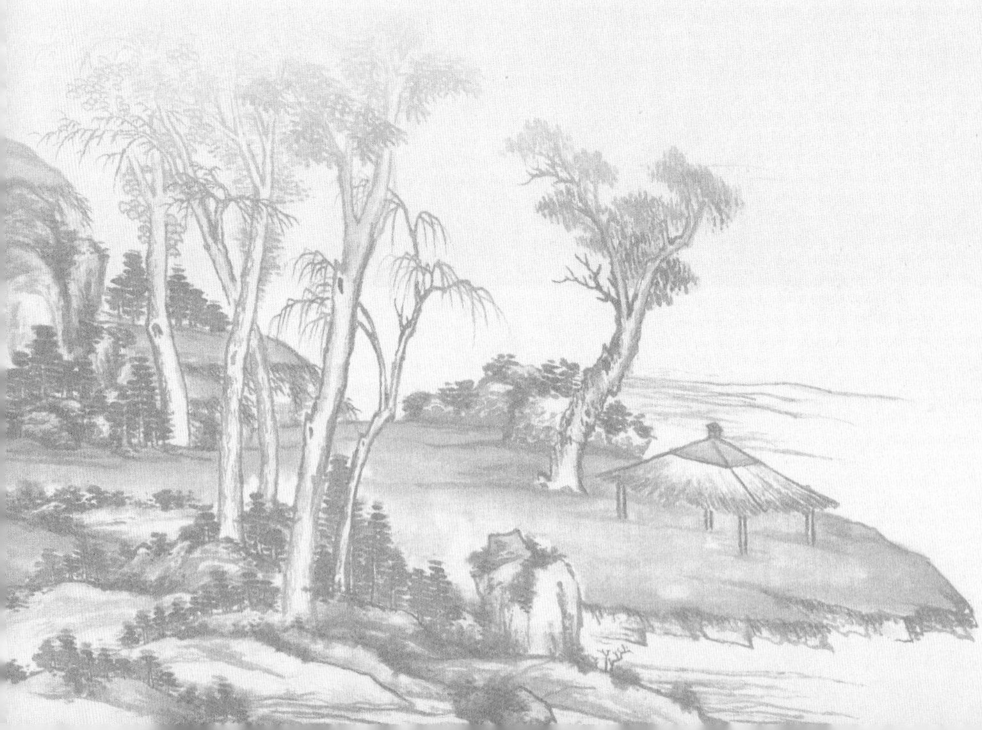

# 胡 宿

胡宿（996—1067），字武平，常州晋陵（今江苏常州）人。天圣二年（1024）进士，治平三年（1066）以吏部侍郎、观文殿学士知杭州，治平四年（1067）以太子少师致仕。谥文恭。有《文恭集》。

## 三衢道中马上口占 [1]

短亭疏柳映秋千，马上人家谷雨前。
几树旗枪茶靃靡，一溪鳞甲水潆洓。[2]
莺期别后闻余哢，蚕候归来见小眠。[3]
可惜西湖湖上月，夜来虚过十分圆。

（《文恭集》卷四）

### 注 释

[1] 三衢：衢州雅称，因辖境有三衢山而名。口占：指作诗文不起草稿，随口而成。　[2] 旗枪：茶叶一芽一叶之状。浙江今有名为"旗枪"的特种茶类，产于杭州周边，因该茶经开水冲泡后，叶如旗，芽似枪，故名。靃（suǐ）靡：草木细弱、随风披拂的样子，也指草木茂密。

[3]莺期：亦作莺期燕约，比喻相爱的男女约会的时日，此处指春时。胡宿自注："古诗'鸟嘤嘤兮友之期'。"蚕候：蚕事方兴之时。小眠：蚕蜕皮之际，不吃也不动，称为"眠"。

## 赏　析

　　此诗是古人较早记载衢州地区种茶养蚕的文献资料。千年以前的衢州，就已生产"旗枪"类茶叶。诗开篇以疏柳和秋千相映成趣，勾勒出一幅宁静的乡村景象。"马上人家谷雨前"则描绘了行色匆匆的旅人和谷雨前的农家生活，表现了时节的更迭和生活的忙碌。接着通过"旗枪""鳞甲""莺期""蚕候"，描述了田园生活的氛围，最后落脚于诗人对美好生活的无限眷恋。胡宿另有《徐偃王庙》等诗记录衢州风土人情，其《仲春三衢道中》曰："隔闰年芳早，天风泛暖晖。酒香迎社重，村语向蚕稀。林际新莺出，楹间故燕归。湖头春在否，人去柳花飞。"亦记养蚕，说到了蚕事繁忙时，村里人忙得围着转，往时热闹的场面也冷清了许多。

# 赵 抃

赵抃（1008—1084），字阅道，号知非子，衢州西安（今属浙江衢州）人。景祐元年（1034）进士及第，累官至龙图阁直学士。赵抃弹劾不避权幸，京师目为"铁面御史"。治平元年（1064），出知成都，神宗时拜参知政事。元丰二年（1079）以太子少保致仕。卒谥清献。有《赵清献集》。

## 题衢州唐台山 [1]

唐台压郡东北陲，势旋力转奔而驰。[2]

伟哉造物谁其尸，一山中起高峨巍。[3]

群峰环辅拱以立，背面肘腋相倚毗。[4]

怪石差差少媚色，长松落落无邪姿。

岩隈有路数百仞，直登不悔形神疲。[5]

中间轩豁浮图舍，栋宇彩错金璧辉。[6]

寒泉一亩清可鉴，优游鳣鲔扬鳞鬐。[7]

猿闲鸟暇两呼笑，老僧夔铄趋且嬉。

天风烈烈骨毛竦，更云六月无炎曦。

攀缘绝顶下四顾,溪山百里如掌窥。

我思宜有隐君子,放心不与时安危。

巢由之行已高世,白云卧此逃尧妠。[8]

(《赵清献公文集》卷一)

## 注 释

[1]唐台山:位于今衢州市衢江区和龙游县交界处,因唐代建大乘禅寺,又称大乘山。　[2]陲:本义指边疆,此处作边界。　[3]尸:主持。　[4]倚毗:倚重亲近。　[5]岩隈:深山曲折处。　[6]轩豁:高大开阔。　[7]鳣、鲔:都是鱼名,此处泛指鱼类。鳞鬐:鱼的鳞片和背鳍。　[8]巢由:尧时隐士巢父和许由的并称。尧妠:传闻尧为了考验舜是否可以承袭其帝位,便将自己的两个女儿都嫁给了舜,舜带着两个妻子到妠水边居住生活,以"妠"为姓。此处以"妠"代指舜。

## 赏 析

赵抃在这首诗中描绘了衢州唐台山的壮丽景色,通过攀登山顶,俯瞰四周,感叹"伟哉造物谁其尸,一山中起高峨巍",表达了对唐台山雄奇美景的赞叹。诗中"群峰环辅拱以立,背面肘腋相倚毗"两句尤其奇思遄飞。及年老,赵抃又作《己未岁十月七日登唐台山偶成》谓:"直到巢峰最上头,旋磨崖石看诗留。重来转觉寒松老,三十六年前旧游。"赵抃其时已年过古稀,犹能攀高登顶,可见矍铄康强,亦见其对唐台山的喜爱。

余绍宋、吴南章　幽岩览胜图　现藏浙江省博物馆

# 王安石

　　王安石（1021—1086），字介甫，号半山，抚州临川（今江西抚州）人。庆历二年（1042）进士及第，熙宁二年（1069）升任参知政事，次年拜相，累封荆国公。王安石大力推行变法改革，罢相后退居江宁，病逝于钟山，谥号文，世称"王文公"。王安石名列"唐宋八大家"之一。晚年诗风含蓄深沉、深婉不迫，世称"王荆公体"。有《临川先生文集》。

## 寄平甫弟衢州道中[1]

浅溪受日光炯碎，野林参天阴翳长。[2]
幽鸟不见但闻语，小梅欲空犹有香。
长年无可自娱戏，远游虽好更悲伤。
安得冬风一吹汝，手把诗书来我旁。

（《王安石诗笺注》卷二〇）

## 注　释

[1]平甫：即王安国，字平甫，王安石大弟。　　[2]阴翳：指树荫。

## 赏 析

此诗为王安石早期作品，当时王安石辗转鄞县任所与故乡临川，路过衢州触景生情写下此作。这是个阳光明媚的冬日，"炯"字写出了溪水在阳光下的明亮，"碎"字则形象地描绘了光影的细碎。颔联独特，从听觉、嗅觉生发，与王安石《梅花》诗中名句"遥知不是雪，为有暗香来"异曲同工。颈联由景及人，从对自然景色的描绘转到了诗人内心情感的抒发。尾联则直抒胸臆，充分展现了王安石兄弟间的深情。

明　董其昌　青山红树图（局部）

# 余安行

余安行（1057—约1139），字勉仲，号石月老人，饶州德兴（今属江西）人。大观三年（1109）进士，绍兴中官至朝议大夫。上书言事被斥，退隐衢州，博通孔孟颜曾之学，读书乐道，以经学称。著有《石月老人集》。

## 龙游舟中遇立冬

大观戊子，同应求至京口，予赴试南京。[1]

挂帆朝发龙游浦，天寒正下潇潇雨。
闻道人间今日冬，连樯处处欢相语。
我今与汝共孤舟，寂寞舟中任水流。
人生自适乃为乐，莫把闲肠生寸愁。

（《宋诗纪事》卷三八）

### 注 释

[1] 大观戊子：即大观二年，1108年。南京：今河南商丘。

## 赏　析

　　这首诗描绘了诗人在龙游挂帆启程，前去南京参加科考，恰逢立冬时节的情景。诗开篇即以挂帆启航和寒雨潇潇的景象，勾勒出一幅立冬时节的寒冷画面，表现了诗人旅途的艰辛。但诗中既有潇潇雨下的寒冷，也有人间欢语迎冬的温馨，"连樯处处欢相语"形象地描绘了江面上船只相连，人们相互传递冬日问候的画面。诗人与友人同舟共渡，虽感寂寞，却能随心境"任水流"，让一切该发生的事自然发生，以自适为乐，且劝慰友人莫生闲愁。整首诗展现了诗人豁达的人生态度，传达了一种人生应随遇而安、不必自寻烦恼的思想。作此诗的次年，诗人顺利考中进士。

清　龚贤　四景山水（局部）

# 毛 滂

毛滂（1060—？），字泽民，号东堂，衢州江山（今属浙江）人。生于世家，父、伯、叔皆为进士，曾为衢州推官，后官至秀州知州。他在填词方面造诣尤深。有《东堂集》。

## 摊破浣溪沙

天雨新晴，孙使君宴客双石堂，遣官奴试小龙茶。[1]

日照门前千万峰。晴飙先扫冻云空。谁作素涛翻玉手，小团龙。　　定国精明过少壮，次公烦碎本雍容。[2] 听讼阴中苔自绿，舞衣红。

（《毛滂集》卷五）

## 注　释

[1]孙使君：指绍圣年间衢州知州孙贲，字公素。小龙茶：茶名，又作小团龙。据欧阳修《归田录》载："庆历中，蔡君谟（蔡襄）为福建路转运使，始造小片龙茶以进，其品绝精，谓之小团。凡二十饼重一斤，其价值金二两。"　[2]定国：即于定国，字曼倩，西汉丞相，为官清正，决狱审慎，善饮酒。次公：即盖宽饶，西汉大臣，勤于职事，"行清能高"，亦善饮。

## 赏 析

　　本词以清新脱俗的笔触,描绘了衢州知州孙贲在州衙双石堂宴宾的场景。词开篇即以宏伟的景象引人入胜,山峰在阳光照耀下显得格外壮观,而"晴飚"一词赋予词作动态的美感,仿佛云彩被一扫而空,展现出晴空万里的景象。接下来的"翻玉手""小团龙"细腻地描绘了试茶的场景,将注水时茶水翻腾的景象与玉手翻动的动作相结合。下片则巧妙地运用典故,赞美宴会主人的精干与从容。最后的"苔自绿""舞衣红"既赞美孙使君治下清平无事,又赞美其能在公余自娱也娱人。"红""绿"映照,把实景与虚景联系起来,读来令人心旷神怡。

明　文徵明　琴鹤图(局部)

# 范 冲

范冲（1067—1141），字元长，成都华阳（今四川成都）人。史学家范祖禹子。绍圣元年（1094）进士，历任两淮转运副使，绍兴中任宗正少卿兼直史馆，奉命重修神宗、哲宗两朝实录。官终龙图阁直学士。范冲曾与赵鼎、魏矼一同贬居常山黄岗山，辞世后葬于山上永年寺附近。

## 石桥（其二）

秋风吹上景华天，醉梦醒来一洒然。[1]

万古林泉招我老，百年风雨复谁怜。

顿除热恼初无病，剩买安闲不用钱。

寻得青霞是归处，漫修岩穴小乘禅。[2]

（《烂柯山志》）

### 注 释

[1]景华天：指烂柯山。烂柯山，据载为青霞第八洞天，又名景华洞天。
[2]小乘禅：佛教的一种修行方法。

## 赏　析

　　这首诗应写于范冲建炎中守衢州时。秋风轻拂，诗人来到烂柯山上，眼前景色仿佛仙境一般。醉梦醒来，心境变得异常洒脱，仿佛一切烦恼都随风而去。接下来两句更是表达了诗人对自然的向往和对人生的感慨。林泉间的生活，让他感受到了岁月的悠长与自然的宁静，而面对人生的风雨，他也显得有些许的无奈与孤独。但最治愈人的还是山水风光啊，出外走走，就有了"顿除热恼初无病，剩买安闲不用钱"的洒脱，也让我们看到了诗人的豁达与乐观，内心的宁静与安闲，这是无法用金钱来衡量的。尾联表达了诗人对心灵归宿的追求和对禅意的领悟。

明　唐寅　清时有隐图

# 程　俱

程俱（1078—1144），字致道，号北山，衢州开化（今属浙江）人。绍圣四年（1097）以外祖邓润甫恩荫入仕，宣和二年（1120）赐上舍出身。绍兴间任秘书少监、中书舍人兼侍讲等。曾搜集三馆旧闻辑《麟台故事》呈朝廷。诗多五言古诗，风格清劲古淡。有《北山小集》。

## 戊午岁九日复与叔问登城楼再用前韵作[1]

兀坐空哦服九华，衰颓深觉负黄花。[2]

但令无事长相见，敢叹百年生有涯。

雉堞晓登千嶂抱，縠波秋净一溪斜。[3]

归来更展新诗卷，醉墨淋漓似老鸦。

（《北山小集》卷一〇）

### 注　释

[1] 戊午岁：即绍兴八年，1138年。叔问：赵子昼，字叔问，宋太祖六世孙，南渡后寓于衢州。　[2] 九华：指菊花。陶潜《九日闲居》："余闲居，爱重九之名。秋菊盈园，而持醪靡由，空服九华，寄怀于言。"
[3] 雉堞：本指城墙上的矮墙，这里借指城楼。

## 赏　析

　　绍兴八年，程俱年过花甲，他与赵子昼登上城楼再和前韵。首联诗人感叹自己空会吟诵而身体衰老，辜负了盛开的黄花。但颔联诗人转而表示，只要能够无事平安，时常相见，无须感叹人生百年有限，反映了诗人对闲适生活和友情的珍视。颈联描述了诗人在清晨登上城楼，眺望远方，只见群山环绕，溪流清澈，曲折斜流，显示出其开阔胸襟和对自然的热爱。尾联化用卢仝《示添丁》"忽来案上翻墨汁，涂抹诗书如老鸦"句，写登楼而归，兴犹未尽，挥毫写诗。程俱长于五言，但这首七律也是他的优秀作品。

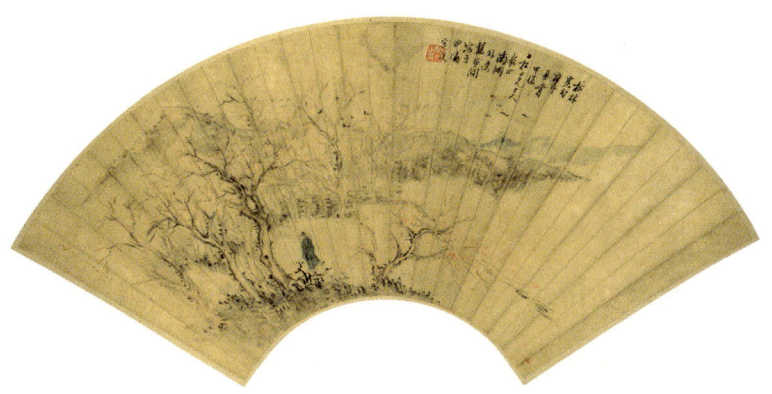

清　杨伯润　秋林觅句图　现藏衢州市博物馆

# 李清照

　　李清照（1084—约1155），自号易安居士，齐州章丘（今属山东济南）人。李格非之女，赵明诚之妻。早年生活优裕，随夫宦居于莱州、淄州等地，赵明诚死后，流寓辗转于洪、台、越诸州与浙东。李清照词风婉约，语言清新平易，形成独特的"易安体"。其词前期多写悠闲生活，后期悲叹身世，情调感伤。论词强调协律，崇尚典雅，提出词"别是一家"之说，反对以作诗文之法作词。有《易安居士集》。

## 忆秦娥

　　临高阁，乱山平野烟光薄。[1] 烟光薄，栖鸦归后，暮天闻角。　　断香残酒情怀恶，西风催衬梧桐落。梧桐落，又还秋色，又还寂寞。

（《李清照集校注》卷一）

## 注 释

[1] 高阁：据民国《衢县志》载，此阁即衢州云山阁，在超化寺后，宋代建造。

## 赏 析

建炎四年（1130）年底，朝廷放散百官，李清照来到衢州。她在《金石录后序》中记载："庚戌十二月，放散百官，遂之衢。"此时李清照处于人生的最低点，郁闷唯发之词赋。上片起句"临高阁"，点明词人是在高高的楼阁之上，凭栏远眺，映入眼帘的是"乱山平野烟光薄"的景象。凄苦的鸦声，悲壮的角声，加倍渲染出自然景色的凄旷、悲凉，给人以无限空旷的感受，意境开阔而悲凉。下片起句，词人写出在这种景色中自己抑郁孤寂的心情，全词只有这一句直接写"情怀"，却是贯穿和笼罩全篇的感情，一切都与此密切相关。阵阵秋风，无情地吹落了梧桐枯黄而硕大的叶子，风声、落叶声使词人的心情更加沉重，更加忧伤。最后两个"又还"，加重了凄凉哀郁的色彩，加深了主题的表达。

# 曾　幾

曾幾（1084—1166），字吉甫，自号茶山居士。其先江西赣州人，徙居河南（今河南洛阳）。历任江西、浙西提刑，秘书少监，权礼部侍郎等。曾幾学识渊博，勤于政事。他的学生陆游替他作墓志铭，称他"治经学道之余，发于文章，雅正纯粹，而诗尤工"。有《茶山集》。

## 三衢道中

梅子黄时日日晴，小溪泛尽却山行。

绿阴不减来时路，添得黄鹂四五声。

（《茶山集》卷八）

### 赏　析

本诗为诗人游玩于三衢途中所写记游诗，是千古名篇。梅子黄时多雨，此诗却以"日日晴"出之，首句就引人注目，也说明诗人心情畅快，有不虚此行之感。此后诗人先泛舟再登山，展现了一幅动态的旅行图景。山中景色宜人，而绿树阴浓，不减初来之路，诗人的好心情也由此得以延续。末句则是点睛之笔，黄鹂的鸣叫声为这宁静的山林增添了生机与活力，使得整个画面生动起来，更添幽趣。诗中意象鲜活，语言明快，充满了生活气息和对自然的赞美。

明　陆士仁　溪山集胜（局部）

# 赵 鼎

赵鼎（1085—1147），字元镇，号得全居士，解州闻喜（今属山西）人。崇宁五年（1106）登进士第，建炎三年（1129）拜御史中丞，次年任签书枢密院事。绍兴年间，两度出任宰相。后为秦桧所构陷，被贬漳州、潮州，移吉阳军，绝食而死。赵鼎主张养民力、稳根基，为巩固南宋政权贡献甚大，被称为南宋中兴贤相之首。有《忠正德文集》等。

## 用元长韵赠空老[1]

虚怀无地着纤尘，独鹤孤云寄此身。

琴发清弹庐阜月，诗探妙意武林春。[2]

少陵深契赞公语，惠远能知陶令真。[3]

扰扰今谁同此趣，容车山下两贤人。[4]

（《忠正德集》卷五）

## 注 释

[1]元长：即范冲，字元长。他是赵鼎亲家，二人曾一同居常山黄岗山。空老：指黄岗山龙华院寺僧了空。　[2]庐阜：指庐山。武林：代指杭州。　[3]少陵：指唐代诗人杜甫。杜甫常以"少陵"表示其祖籍郡望，自号少陵野老，世称杜少陵。赞公：唐代僧人，常与杜甫过从。惠远：即慧远，东晋高僧，被后世尊为净土宗初祖。陶令：指陶渊明，曾任彭泽县令，因称。　[4]容车山：赵鼎流寓地黄岗山的别称。

## 赏 析

　　范冲有赠了空的诗，这首是赵鼎闲居常山时的步韵和作。开篇诗人以"虚怀无地"塑造了空心胸开阔、不为世俗尘埃所累的形象。接着又以杜甫与僧人赞公、陶渊明与僧人惠远的交往作比，感叹有几人能享受这份超脱世俗的乐趣呢？正如苏轼《记承天寺夜游》最后所说："何夜无月？何处无竹柏？但少闲人如吾两人者耳。"赵鼎此处也是此意，他是世内闲人，了空则是世外闲人。

# 韩 驹

韩驹(约1086—1135),字子苍,号陵阳,仙井监(今四川仁寿)人。有诗名,苏辙曾有《题韩驹秀才诗卷》。政和初,召试舍人院,赐进士出身,除秘书省正字。宣和五年(1123)除秘书少监,次年迁中书舍人兼修国史。有《陵阳集》。

## 梅花八首(其五)

江南岁晚雪漫漫,涧谷梅花巧耐寒。
幸有幽香当供给,不辞三载滞西安。[1]

(《陵阳集》卷三)

### 注 释

[1]供给:指生活所需之物。西安:当时衢州治所名西安县。

### 赏 析

本诗开篇即描绘了岁末雪景漫漫,而梅花在山谷间迎寒开放的景象,营造出宁静而清冷的氛围。"巧耐寒""有幽香"表达了诗人对梅花高洁品质的赞美,"不辞三载滞西安"则透露出诗人对这份美景的留恋，愿意为之长久驻足。诗人虽飘零衢州，身处窘境，但有梅香相伴，也颇怡然自得。陆游在《跋陵阳先生诗草》中说："先生诗名擅天下，然反复涂乙，又历疏语所从来。"通过反复涂改推敲，像钱锺书说的把石垒墙，抹了光洁顺溜的泥灰，就不易看出斧凿，这首梅花诗就是如此。

清　蓝孟　梅花书屋图（局部）

# 陈与义

陈与义(1090—1139),字去非,号简斋,洛阳(今属河南)人。政和三年(1113)登上舍甲科,南渡后官至参知政事。陈与义诗尊杜甫,前期清新明快,后期雄浑沉郁。又工于填词,语意超绝,笔力横空,疏朗明快,自然浑成。著有《简斋集》。

## 题江参山水横轴画俞秀才所藏(其二)[1]

万壑分烟高复低,人家随处有柴扉。[2]
此中只欠陈居士,千仞冈头一振衣。[3]

(《陈与义集》卷二九)

## 注 释

[1]江参:字贯道,衢州人。长于山水画,师董源、巨然,参以"范郭"画法,创"泥里拔钉皴",自成一家。寓居衢州的宗室赵子昼,曾邀陈与义、程俱、江参至其崇兰馆,绘画题诗。俞秀才:名恺,字羲仲。
[2]分烟:分灶为炊,这里指炊烟。　[3]"千仞"句:语出左思《咏史八首(其五)》:"振衣千仞冈,濯足万里流。"仞,古代长度单位。

## 赏 析

陈与义作同名诗二首，本诗为其中之一。陈与义与江参分别若干年后，在友人处见到江参的山水横轴画，不由感慨万端。首句以宏大的笔触，描绘山峰若隐若现、高低起伏，而在这壮阔景色中，充满了人间烟火：散落其间的人家依山傍水而居，炊烟袅袅，简朴的柴扉透露出一种宁静与和谐的生活气息。诗人在三、四句表达了自己对画中意境的向往：立于千仞高峰之上，振衣长啸，那该是何等的豪迈与洒脱！

宋　江参　千里江山图（局部）

# 魏矼

魏矼（1097—1151），字邦达，和州历阳（今安徽和县）人。宣和三年（1121）上舍及第，建炎间曾任常山知县，累官至权吏部侍郎。与秦桧不和，后寓居常山黄岗永年寺僧舍，常与赵鼎、范冲吟诗唱和，后人汇编成《三贤唱和诗》。

## 闲 居

一壑萧然万里间，此身落得似云闲。
翩跹野鹤身同逸，来往樵人语不关。
瑶草茂时春烂漫，乱溪高处水潺湲。
偶怀知己携琴去，十里松风未出山。

（光绪《常山县志》卷六八）

**赏 析**

此诗以广阔的天地为背景，突出了诗人内心的宁静与自由，仿佛他的身心全都已融入这片无垠的自然之中。诗的结尾与贾岛《寻隐者不遇》"只在此山中，云深不知处"有异曲同工之处。诗人偶尔会想起自己的知己好友，弹琴自适。在十里松风里，他已经找到了自己的归宿和心灵的寄托,在云深不知处,久不肯出。此诗用语冲淡而兴致高远,虽整篇标榜"闲居",但或许诗中只是所谓穷则独善其身而已。

清 詹熙 山水

# 黄公度

　　黄公度（1109—1156），字师宪，号知稼翁，福建莆田人。绍兴八年（1138）进士第一，除秘书省正字。时秦桧当国，坐讥切时政，罢改。后出判肇庆府。桧死召还，终考功员外郎。有《知稼翁集》。

## 仙霞道中阻雨 [1]

薄暮雨霏霏，归心恨不飞。

客程三日阻，家舍半年违。

涧涩水争道，山空云触衣。

凭谁洗光手，取出太阳辉。

（《知稼翁集》卷上）

## 注　释

[1] 仙霞：仙霞岭，位于今江山市保安乡，是仙霞山脉的主峰。狭义的仙霞道指岭下之路，广义的仙霞道又称江浦古道，从江山清湖到福建浦城，是跨越仙霞山脉而沟通钱塘江和闽江水系的陆路连接线。

## 赏　析

　　黄公度这首诗用细腻的笔触，寄情于自然，开篇就营造了一种雨丝绵绵、天色渐暗的氛围，诗人的心情也随着雨势而变得沉重起来，归家的心情迫切，恨不得立刻插上翅膀飞回去。离家已经半年之久，旅途又因为这场雨而延误了三天。这种时间上的对比，更加凸显了诗人内心的焦灼与期盼。最后，诗人以夸张的手法表达了自己盼望雨停、渴望阳光的心情。此诗表面上是因雨盼晴，实际上寄寓了扫除权奸、拨云见日的政治期待。

余绍宋　沐尘图　现藏浙江省博物馆

# 陆　游

　　陆游（1125—1210），字务观，号放翁，越州山阴（今浙江绍兴）人。绍兴三十二年（1162）始赐进士出身，任枢密院编修，官至宝谟阁待制。有《渭南文集》《剑南诗稿》等。陆游曾多次途经衢州，也曾在衢州闲居，留下不少诗歌。

## 夜行宿湖头寺[1]

卧载篮舆黄叶村，疏钟杳杳隔溪闻。

清霜十里伴微月，断雁半行穿乱云。

去国不堪心破碎，平戎空有胆轮囷。[2]

泗滨乐石应如旧，谁勒中原第一勋。[3]

（《剑南诗稿》卷一〇）

## 注　释

[1]湖头寺：即龙游县湖镇舍利寺，湖镇一名湖头街，因称。　[2]胆轮囷：语出韩愈《赠别元十八协律六首（其四）》："肝胆还轮囷。"谓勇气过人，气魄雄大。　[3]泗滨乐石：石名，产于山东泗水，又名泗滨磬石，质地坚硬，有美石之称。

## 赏　析

淳熙五年（1178）春，陆游奉诏从四川东归，出任提举福建路常平茶盐公事，入冬到衢州地界。首联以"疏钟"虚写一笔，带读者走进村中寺庙。颔联一转，冷气逼人，不仅是秋夜之冷，也不仅是断雁乱云。陆游在川陕度过了数年铁马秋风、豪雄飞纵的军旅生涯，不料朝廷非但没有采纳他的建言献策，反而委派他到远离北伐前线的福建建阳任管茶盐事的闲差。颈联自是感慨丛生，诗人在道途辗转间，不忘国事，但现实却令满怀光复热忱和进取抱负的他大为失望。末句表达了诗人恢复中原的期盼，可见他心心念念积粟练兵、出师北伐，但却报国无门。

## 奏乞奉祠留衢州皇华馆待命 [1]

世念萧然冷欲冰，更堪衰与病相乘。

从来幸有不材木，此去真为无事僧。[2]

耐辱岂惟容唾面，寡言端拟学铭膺。[3]

尚余一事犹豪举，醉后龙蛇满剡藤。[4]

（《剑南诗稿》卷一一）

## 注　释

[1] 奉祠：宋代设宫观使等职，以安置五品以上不能任事或年老退休的

官员，因为只领官俸而无职事，故称奉祠。皇华馆：接待官员、使臣的高级驿站。　　[2]无事僧：陆游自注："见《丹霞录》。"唐代僧人天然禅师，驻锡丹霞山。曾横卧桥上，被人呵斥也不起身，自称"无事僧"。[3]铭膺：铭记在心。　　[4]剡藤：浙江传统名纸。唐宋时，越中多以古藤制纸，故名"藤纸"。孙能传《剡溪漫笔小叙》："剡故嵊地，奉化与嵊接壤，亦有剡溪，为余家上游。其地多古藤，土人取以作纸，所谓剡溪藤是也。"

## 赏　析

淳熙七年（1180），陆游在福建建阳干了一年多闲差，朝廷召陆游诣行在所，陆游以为朝廷要他为北伐献计献策，兴奋不已。谁知才走到半路，又叫他暂勿北上，留在衢州皇华馆待命。陆游也知自己的恢复之计不被重用，自谓"不材"，此次奉祠，就是做个"无事僧"罢了。"唾面"即唾面自干，形容逆来顺受，受了侮辱毫无反抗。陆游又有《戒言》诗："饶舌忧患始，铭膺勤戒深。"自我安慰凡事记在心里就是，不必哓哓饶舌，惹人心烦。不过，陆游毕竟豪放，尾联强势反转，"龙蛇"指书法笔势的蜿蜒盘曲。醉后挥毫，龙蛇满纸，不知是否又在写"谁勒中原第一勋"。

# 杨万里

杨万里(1127—1206),字廷秀,号诚斋,吉州吉水(今江西吉水)人。绍兴二十四年(1154)进士及第,官江东转运副使等。与尤袤、范成大、陆游合称南宋"中兴四大诗人"。有《诚斋集》。衢州为"八省通衢"之地,是杨万里来往临安和家乡之间的经行地,因此他留下了大量描写衢州境内景色、人文的诗篇。

## 过招贤渡[1]

归船旧掠招贤渡,恶滩横将船阁住。
风吹日炙衣满沙,妪牵儿啼投店家。
一生憎杀招贤柳,一生爱杀招贤酒。
柳曾为我碍归舟,酒曾为我消诗愁。

(《杨万里集笺注》卷一九)

### 注 释

[1] 招贤渡:在今常山县招贤镇,是一个历史悠久的古渡,自古就有"浙西名渡"之称。

## 赏　析

本诗为诗人此次经招贤渡回程不畅有感而发。诗一开始就描绘了诗人归家旅途中的艰难与险阻。恶滩横亘，阻碍了归船的前行，象征着旅途中的重重困难。颔联"风吹日炙""妪牵儿啼"更营造了焦灼难耐的氛围。颈联表达了诗人对招贤渡的复杂情感：一方面，"柳"者，"留"也，使他迁恨于"柳"；另一方面，招贤渡的酒却为他消除了旅途中的忧愁，因此产生喜爱之情。"憎杀""爱杀"极言爱恨之极，爱憎交加并趋于极致，这种交织的情感表达，使诗歌更具深度和张力。杨万里在另一首同名诗中感慨"余昔岁归舟经此，水涸舟胶，旅情甚恶""说着招贤梦亦愁"，与本诗表达的感情相类。淳熙年间，杨万里官宦生涯中多次经行常山招贤渡，留下数首《过招贤渡》诗。

## 江山道中蚕麦大熟三首

衢信中央两尽头，蚕蓐今岁十分收。[1]
穗初黄后枝无绿，不但麦秋桑亦秋。

黄云割露几肩归，紫玉炊香一饭肥。
却破麦田秧晚稻，未教水牯卧斜晖。

新晴户户有欢颜，晒茧摊丝立地干。

却遣缫车声独怨，今年不及去年闲。[2]

（《杨万里集笺注》卷一三）

## 注 释

[1] 䅌（móu）：大麦。　[2] 缫车：一种抽茧出丝的工具。

## 赏 析

  杨万里这组诗通过"穗初黄""枝无绿""麦秋桑亦秋"等意象，生动地描绘了江山道中蚕麦丰收的景象，展现了乡村田园的繁荣与农民的喜悦之情，又借"缫车"之怨，曲笔写出今年更比去年好的含义。此诗语言浅近明白、清新自然，极富趣味性。在蚕麦丰收的景象之外，诗中还蕴含了对农民辛勤劳动的赞美和对乡村生活的热爱。宋人南渡后，北方百姓进入东南一带，他们的饮食习惯也改变了衢州的种植结构，本诗亦可作为见证。

## 九月一日夜宿盈川市 [1]

下滩一日抵三程，到得盈川也发更。[2]

两岸渔樵稍灯火，满江风露更波声。

病身只合山间老，半世长怀客里情。

西畔大星如玉李,伴人不睡向人明。[3]

(《杨万里集笺注》卷二六)

## 注 释

[1]盈川:即龙游,宋宣和三年(1121)改"龙游"为"盈川",绍兴初又复为"龙游"。　[2]发更:刚天黑。更是夜里计时单位,一夜分五更。　[3]玉李:星名,即李星。

## 赏 析

  这年八月,杨万里在衢州采菊饮酒,预过重阳。九月一日夜宿盈川。首联两句,展现了诗人旅途的奔波和疲惫。虽下水船速很快,到盈川天也快黑了。颔联通过"两岸"和"满江"的描绘,展现了盈川夜晚的宁静与孤寂。颈联自称"病身",暗示身体状况不佳,而"只合山间老"则表达了其对归隐山林的向往,"半世长怀客里情"也透露出诗人对客居生活的无奈和感慨。尾联以景结情,通过对天象的描绘,将读者的视线引向夜空中的星星。杨万里诗多清新,本诗却类杜甫风格,字斟句酌,慷慨阔大。

# 朱 熹

朱熹（1130—1200），字元晦，一字仲晦，号晦庵，别称紫阳，晚号晦翁、沧洲病叟等，谥号文，后人称为"朱文公"。徽州婺源（今属江西）人，生于南剑州尤溪（今属福建）。绍兴十八年（1148）登进士第，曾任秘阁修撰、焕章阁待制兼侍讲等。朱熹是南宋著名理学家，其思想被称为"朱子学"，与二程学说合称"程朱理学"，对后世产生了广泛而深远的影响。有《晦庵先生文集》。

## 游烂柯山

局上闲争战，人间任是非。
空教采樵客，柯烂不知归。

（光绪《衢州府志》卷三）

### 赏 析

这首诗创作于淳熙十年（1183）左右，朱熹任提举浙东常平茶盐公事期间。诗歌通过描绘烂柯故事，抒发了朱熹对人生哲理的深刻思考。首句一个"闲"字，俯看各种争战；次句一个"任"字，显示其人生格局，是是非非一笑了之。若执迷不悟如采樵客，则虽时光流逝,仍不知人生真正的归处。历代咏烂柯山诗成千上万,各呈风采,但从哲学高度看,朱熹此诗言简意赅,高屋建瓴,别具一格。

## 汪端斋听雨轩 [1]

试问池塘春草梦,何如风雨对床诗。[2]

三薰三沐事斯语,难弟难兄此一时。[3]

为母静弹琴几曲,遣怀同举酒千卮。

苏公感寓多游宦,岂不临风尚尔思。[4]

(《朱熹集》外集卷一)

## 注 释

[1] 听雨轩:在今开化县马金镇包山,是包山书院的前身。南宋淳熙年间,包山汪观国(字廷光)、汪杞(号端斋)兄弟效苏东坡"对床听雨"之约,置匾于轩,曰"听雨"。 [2] 池塘春草梦:用谢灵运、谢惠连典故。据钟嵘《诗品》引《谢氏家录》云:康乐每对惠连,辄得佳语。后在永嘉西堂思诗,竟日不就。寤寐间忽见惠连,即成"池塘生春草"。故尝云:"此语有神助,非吾语也。"风雨对床诗:喻好友、兄弟的欢聚。苏轼有诗:"中和堂后石楠树,与君对床听夜雨。"

[3] 三薰三沐:多次沐浴并用香料涂身,是对人极为尊重的一种礼遇。难弟难兄:即难兄难弟,也称"二难"。喻有贤德的兄弟或朋友。

[4] 苏公：指苏轼。

## 赏　析

　　淳熙三年（1176）三月廿八至四月十二，朱熹和吕祖谦两位大师在开化听雨轩相会，后来学者将朱、吕这次重要的会晤称为"三衢之会"。在"三衢之会"中，朱熹与吕祖谦围绕儒学经典展开了争论。旁听的有汪观国、汪杞，以及汪观国的儿子汪湜、汪泓两兄弟。这首诗开头连用四个典故，主要叙述了朱、吕二人日夜争论的状况。颈联描写聚会时抚琴饮酒的场景。尾联则引用苏东坡典故，有对仕途坎坷、人生无常的感慨，另外也说明朱、吕双方意见虽然难以统一，但可以各自回去后再思考。整首诗包含对学术、友情和未来的多重思考。也有说这首诗是写给汪湜、汪泓两兄弟的，诗中是朱熹对他们的赞赏与期许。

# 项安世

项安世（？—1208），其先括苍（今浙江丽水）人，后家江陵（今湖北荆州）。宋孝宗淳熙二年（1175）进士，曾任户部员外郎、湖广总领事。自谓其学得自程颐《易传》。著有《平庵悔稿》。

## 常山县

常山县东足可惜，山光半紫溪全碧。
柳屿阴中轧轧车，桑畴径里青青麦。
溪流终日伴人行，隔岸青山唤得应。
石季伦家新步障，李将军画小围屏。[1]
多情小艇招贤渡，载我溪南看山去。
黄昏我宿溪自行，只有青山伴人住。

（《平庵悔稿》卷一）

## 注 释

[1] 石季伦：即石崇，字季伦，西晋时期大臣，家资万贯。步障：用以遮蔽风尘或视线的一种屏幕。《晋书·石崇传》："（崇）与贵戚王恺、羊

琇之徒以奢靡相尚……恺作紫丝布步障四十里,崇作锦步障五十里以敌之。"李将军:指李思训,初唐画家,擅画山水、楼阁、花木及走兽等,时有"李将军山水"之称。

## 赏 析

　　此诗通篇咏溪山。开篇感叹常山之美实在可爱,"山光半紫溪全碧"。接着描述"轧轧车""青青麦"的耕织场景,并将此地景色比作石崇的步障、李思训的围屏,极言溪山之美。末句更将"我"与"青山"并列,留下余韵。钱锺书在《谈艺录》中论项安世诗歌:"(项安世)亦推诚斋空扫前人,独霸当时。自运各体皆有肖诚斋者,七律尤如唐临晋帖,才思远在张功父上。"这首古风景中有情,写得潇洒别致,余响不绝。

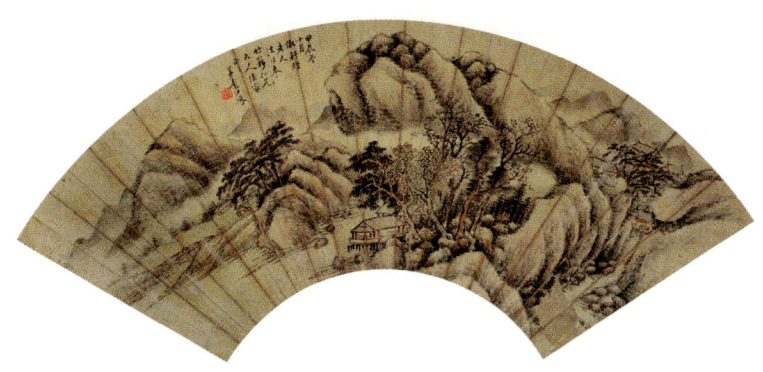

清　彭汝球　耕烟图　现藏衢州市博物馆

# 辛弃疾

辛弃疾（1140—1207），字幼安，号稼轩，历城（今属山东济南）人。早年参加抗金义军，曾任耿京义军的掌书记，不久投归南宋，历官浙东安抚使、镇江知府等。他与当政的主和派政见不合，故而屡遭劾奏，数次起落，最终退隐山居。他把满腔激情和对国家兴亡、民族命运的关切、忧虑，寄寓于诗词之中。有《稼轩长短句》。

## 江郎山和韵

三峰一一青如削，卓立千寻不可干。[1]

正直相扶无倚傍，撑持天地与人看。

（《辛弃疾集编年笺注》卷二）

### 注 释

[1] 千寻：古代以八尺为一寻，此极言其高或极长。干：求取，这里是触及的意思。

## 赏　析

　　此诗应是辛弃疾重受宋光宗召见，赴京面圣经过江郎山时所作。在途中，诗人心情复杂，想象多年的抗金梦想即将实现。此刻看山峰高耸入云，青翠如削，仿佛是大自然用精湛的刀工雕刻而成，它们卓立千寻，不可攀登，展现出坚韧不拔、傲然挺立的精神。最后，"撑持天地与人看"，山峰不仅支撑起了天地，还供人们观赏。它们默默奉献，不求回报，用自己的存在为这个世界增添了一份壮丽和美好。辛弃疾将江郎山人格化，寄寓了自己卓尔不群、撑持天地的抱负。

清　石涛　黄砚旅诗意山水（局部）

## 浣溪沙 常山道中即事

北陇田高踏水频。[1] 西溪禾早已尝新。隔墙沽酒煮纤鳞。[2] 忽有微凉何处雨,更无留影霎时云。卖瓜人过竹边村。

(《辛弃疾集编年笺注》卷一五)

### 注　释

[1]踏水频:忙于踏水车引水灌田。　[2]纤鳞:细鳞,代指鱼。

### 赏　析

嘉泰三年(1203)夏,辛弃疾赴任绍兴知府兼浙东安抚使,途中经行常山。上片为词人所见农家劳动与生活的场景:近看北边高地上农民正在勤踏水车,灌溉农田;另一边河溪两岸,农作物成熟较早,农民已品尝了香甜的新收稻米,有人买来酒,煮了小鱼。整个场景洋溢着农家的欢欣,生动传神地表现出淳朴的乡风。词下片景象一变。"忽有""更无"既见笔势峭劲,更觉空灵跳动,生动地表现出夏日多变的山村气象。词尾以"卖瓜人过竹边村"作结,余音袅袅,比苏轼的"牛衣古柳卖黄瓜"更富情趣。

# 赵 蕃

赵蕃（1143—1229），字昌父，号章泉，原籍郑州（今属河南），侨居信州玉山（今属江西）。以曾祖荫入仕，初任州文学，后除吉州太和主簿、辰州司理参军等，以直秘阁致仕。后绝意仕途，归隐玉山。诗宗黄庭坚，与韩淲（号涧泉）合称"上饶二泉"。有《乾道稿》《章泉稿》等。

## 衢州城外

才得新晴半日强，廉纤又复蔽朝光。[1]
梅花黯黯春将暗，麦垄青青饵欲香。[2]
野水数弯流以决，晚山几叠澹而长。
秋风红叶骑驴去，归日侵寻且载阳。[3]

（《章泉稿》卷三）

## 注 释

[1]廉纤：细小，细微，多用以形容微雨。 [2]饵：糕饼。 [3]侵寻：渐进。

赏　析

　　本诗描绘了诗人在衢州城外对自然景色的细腻观察与感受。诗中先写天气由晴转微雨，再写梅花将谢、春意渐浓，麦苗青青预示着丰收。接着，诗人以野水、晚山为景，展现了一幅宁静悠远的画面。最后，诗人以秋风红叶、骑驴归去的想象，表达了对闲适生活的向往。整首诗意境深远，情感丰富，体现了诗人对自然的热爱与对生活的感悟。谢枋得曾提到，"江西诗派"传至"二泉"，隆昌极致，此二人死后，"江西诗派"风华不再。

清　查士标　秋山行旅图（局部）

# 翁 卷

翁卷（约1163—约1245），字灵舒，一字续古，永嘉（今浙江温州）人。工诗，与徐照（字灵晖）、徐玑（号灵渊）、赵师秀（号灵秀）合称"永嘉四灵"。著有《苇碧轩诗集》。

## 泊舟龙游

未得桥开锁，去船难自由。

渚禽飞入竹，山叶下随流。

忽见秋风喜，还成早岁愁。

卧闻舟子说，明日到衢州。

（《苇碧轩集·苇碧轩补遗》）

## 赏 析

"永嘉四灵"之一的赵师秀将任筠州推官，翁卷随行相送，路过龙游。此诗抒写了舟行江上的情景，以细腻的笔触描绘了旅途中的景色和心情变化，展现了诗人旅途中的羁旅之感和对未来的微妙期待。诗开篇以桥锁未开、船只难以自由通行的景象，勾勒出一幅旅途受阻的画面。颔联则通过渚边禽鸟飞入竹林和山叶随水流的描写，展现了自然界的和谐与宁静。"忽见秋风喜，还成早岁愁"，秋风带来的不仅是季节的更迭，也有对过往时光的怀念。最后不直写下站是哪里，而是从舟子口中道出，转折而写，更具韵味。

明　沈士充　山水（局部）

# 戴复古

戴复古（1167—?），字式之，号石屏，黄岩（今属浙江台州）人。南宋江湖诗派诗人。一生未登仕途，自庆元年间即四处浪游，遍谒达官朝士、节帅名公，行踪遍及东吴、浙西、襄汉、北淮、南越，自谓"落魄江湖四十年"。嘉熙元年（1237），归隐于黄岩南塘石屏山下，日与子侄辈吟咏酬和。

## 过三衢寻乡僧适遇爱山徐叔高同访郑监丞其家梅园甚佳选百家诗

暂作三衢客，寻僧出郭迟。

适逢徐孺子，同访郑当时。[1]

诗集百家富，梅花几树奇。

匆匆又行役，不见烂柯棋。

（《戴复古诗集》卷二）

### 注 释

[1] 徐孺子：徐稚，字孺子，东汉经学家，被誉为"南州高士"，以博学著称。这里借指徐叔高。郑当时：西汉时大臣，以任侠好客著称。这里借指郑监丞。

## 赏 析

　　本诗诗题即点明诗人暂居衢州，为了寻访僧人而出城，却因某种原因耽搁。此时诗人恰好遇到了一位友人，又一同前往拜访另一位友人，展现了文人之间的情谊和雅趣。尽管与友人相聚甚欢，但终究还是要继续自己的行程，无法长久滞留，从而呼应了开篇的"暂"字，大有时光荏苒之感。"烂柯棋"既隐含衢州其地，诗人又以此表达相聚短暂、时光易逝的遗憾。

明　陈洪绶　梅石山禽图

# 赵汝鐩

赵汝鐩（1172—1246），字明翁，号野谷，居袁州（今江西宜春）。宋宗室，嘉泰二年（1202）进士，历官州府。长于诗，为江湖派诗人。有《野谷诗稿》。

## 招贤渡溪阁晚望

溪流清到底，十顷浸秋光。

烟重光加色，风狂雁失行。

尘埃双老鬓，天地几斜阳。

何处一声笛，征人暗断肠。

（《野谷诗稿》卷四）

**赏　析**

　　本诗首联两句描绘招贤渡溪水清澈见底，秋光倒映水中，形成一幅宁静美丽的画面。随着天色渐晚，农家炊烟升起，与秋日的夕晖叠加，使得景色更加丰富多彩。然而，大风骤起，原本整齐的雁阵变得散乱，这一景象或许也暗喻了社会的动荡不安和朝政的积弊。颈联通过描写自己在风尘中双鬓斑白的形象，以及天

王梦白　半岭风壑　现藏衢州市博物馆

地间西下的斜阳,表达了诗人对时光流逝、人生易老的感慨。结尾处,远处传来的笛声勾起了诗人对往昔的回忆,也流露出远行之人的孤独和无奈。

# 曾从龙

曾从龙（1175—1236），初名一龙，字君锡，泉州晋江（今属福建）人。北宋昭文馆大学士曾公亮四世从孙。庆元五年（1199）登进士第一，累官礼部尚书、参知政事等。

## 题衢州顺溪馆 [1]

红照西沉暂解鞍，偶然假馆岂求安。[2]

新丰独酌谁为侣，坐对窗前竹一竿。[3]

（《宋诗纪事》卷五八）

### 注 释

[1]顺溪：在今龙游北乡，宋代设市。 [2]假：借用。 [3]新丰独酌：用唐代马周典故。据《旧唐书·马周传》，马周未仕时，曾在新丰住宿，店主人轻视他，他叫来一斗八升酒"悠然独酌"，众人都感到惊异。新丰，此处代指酒。

### 赏 析

这首诗描绘的是诗人进京赶考时宿衢州顺溪馆的场景。黄昏时节夕阳斜照，诗人下马解鞍，偶然来到这间客栈。"岂求安"三字透露心迹，表明自己的勤奋与自强不息。"独酌""谁为侣"，此处不是黯然伤神的哀怨，而是显露出此行蟾宫折桂、舍我其谁的壮志。末句以一竿修竹，暗许节节高升。此次科考曾一龙顺风顺水，廷试时，宋宁宗亲擢其为第一，并赐名"从龙"。

明　沈士充　山水（局部）

# 卓 田

　　卓田，生卒年不详，字稼翁，号西山，建宁建阳（今属福建南平）人。开禧元年（1205）进士。能词，《花庵词选》存三首。

## 好事近 三衢买舟

　　奏赋谒金门，行尽云山无数。[1] 尚有江天一半，买扁舟东去。　　波神眼底识英雄，阁住半空雨。[2] 唤起一帆风力，去青天尺五。

（《花庵词选》续集卷七）

### 注　释

[1]谒金门：原为唐教坊曲，后用为词牌。　　[2]波神：水神。

### 赏　析

　　本词充满豪情壮志与人生哲理。开篇明示词人追求功名的决心和历程。"行尽云山无数"，既描绘了旅途的艰辛与漫长，也象征着词人在追求功名道路上所经历的种种困难和挑战。在历经艰辛之后，词人并未放弃，而是买舟东去，继续追寻自己的理想和抱负。词人借水神能识英雄，表现出对自己才华和能力的自信。之后写借助风力扬帆起航，直指青天。"青天尺五"喻指离宫廷甚近，表达了词人对自己能够成功实现理想的坚定信念和乐观态度。

清　袁江　仿马远山水图

# 郑 会

郑会,生卒年不详,字文谦,一字有极,号亦山,贵溪(今属江西)人。少游朱熹、陆九渊之门。嘉定四年(1211)进士,官至礼部侍郎。宝庆间史弥远专政,引疾归里。有《亦山集》。

## 题邸间壁

酴醾香梦怯春寒,翠掩重门燕子闲。[1]

敲断玉钗红烛冷,计程应说到常山。

(《宋诗纪事》卷六四)

## 注 释

[1]酴醾:花名,春末而开,为惜春的象征。

## 赏 析

此诗开篇设想家中酴醾花开香气氤氲,妻子本可趁此做个好梦,但春夜寒意袭人,独宿难眠。此刻细雨敲窗,烛光渐渐地黯淡下来,房中更显得清冷,妻子还是未能入睡。她在计算着丈夫的行程,丈夫的归期还要多久呢?此时此刻他到了哪里呢?恐怕已到常山了吧？本来是诗人羁旅在外，思念妻子，诗中却对自己不着一字，而是通篇想象妻子在家中如何思念自己，曲婉深沉地表达出自己怀妻思家之情。此为"对面着笔"的艺术手法，使本诗极具画面感，宛如一张工笔仕女春愁图。

清　费丹旭　罗浮梦景图

# 刘克庄

刘克庄（1187—1269），初名灼，字潜夫，号后村居士，福建莆田人。以荫入仕，淳祐六年（1246）赐同进士出身。官至工部尚书兼侍读，以焕章阁直学士致仕。诗词颇有感慨时事之作，为江湖诗派的重要作家，词近辛弃疾。有《后村先生大全集》。

## 江山道中

纯绵未觉中年暖，薄酒难禁二月寒。

可惜一溪桃李树，贪程不得过桥看。

（《后村居士集》卷一〇）

### 赏 析

此诗写于路经江山途中，开篇渲染天气寒凉，"纯绵""薄酒"也难敌春寒料峭。三、四句却峰回路转，诗人在旅途中遇到了"一溪桃李树"，这本是春日里的一道亮丽风景，但刘克庄却用"可惜"二字来表达自己的感受，直接点明了诗人因为急于赶路而错过了欣赏桃李美景的机会。刘克庄曾因写《落梅》诗而给自己招来麻烦，获罪罢职，坐废乡野长达十年之久，这就是历史上有名的"落梅诗案"。本诗或许也隐含了诗人内心的矛盾与挣扎——既想欣赏美景,又不得不为了赶路而放弃这份享受。其实哪里是"贪程",而是有不得言说的苦衷。

## 赵清献墓[1]

南渡先贤迹已稀,萧然华表立山陂。[2]

可曾长吏修祠宇,便恐樵人落树枝。

几度过坟偏下马,向来出蜀只携龟。[3]

自怜日暮天寒客,不到林间读隧碑。[4]

(《后村居士集》卷一)

## 注 释

[1]赵清献:赵抃,谥清献。 [2]华表:古代宫殿、陵墓等大型建筑物前作装饰用的巨大石柱。山陂:山坡。 [3]携龟:《石林诗话》记载:"赵清献公以清德服一世,平生蓄雷氏琴一张,鹤与白龟各一,所向与之俱。" [4]隧碑:即神道碑。

## 赏 析

诗人开篇即点明主题,指出像赵抃这样的先贤留下的痕迹已经越来越少了,赵抃墓前只有一座孤零零的华表立在山坡之上,显得格外萧瑟。这既是对赵抃个人的缅怀，也是对南宋当时社会风气的担忧。颔联表明不知是否还有长吏前来修缮祠宇，墓前的树木会不会被樵人砍伐。作者多次经过赵抃墓，都特意下马致敬，同时用只携琴龟的典故，进一步突出赵抃的清廉。诗人最后表达了在日暮天寒之时身为异乡客的孤寂与无奈，以及未能到林间细读赵抃碑铭的遗憾之情。

元　马琬　暮云诗集图（局部）

# 柴 望

柴望（1212—1280），字仲山，号秋堂，衢州江山人。嘉熙年间为太学上舍生，淳祐六年（1246）上《丙丁龟鉴》，忤贾似道，被放归乡里。景炎二年（1277）授迪功郎、史馆编校。宋亡不仕，隐居终老。有《秋堂集》。与从弟随亨、元亨、元彪号"柴氏四隐"，有《柴氏四隐集》。

## 和通判弟随亨书感韵 [1]

风沙万里梦堪惊，地老天荒只此情。
世上但知王蠋义，人间惟有伯夷清。[2]
堂前旧燕归何处，花外啼鹃月几更。
莫话凄凉当日事，剑歌泪尽血沾缨。

(《秋堂集》卷二)

## 注　释

[1] 随亨：柴随亨，宝祐四年（1256）进士，曾知建昌军事。
[2] 王蠋：战国时齐国人，燕将乐毅攻破临淄，齐湣王逃奔莒州。乐毅敬慕王蠋，使人重金礼遇。王蠋说，与其屈从敌人，不如以死激励国人。

遂自缢死。伯夷：商末孤竹君长子。父死，伯夷和叔齐在继承君位一事上互相谦让，先后逃到周国。后天下宗周，伯夷、叔齐耻食周粟，饿死于首阳山。

## 赏　析

　　这是一首抒发亡国之痛的七言律诗。全诗情感深沉，首联以"风沙万里""地老天荒"的意象，极言国破家亡之痛。颔联连用王蠋义不事燕、伯夷叔齐不食周粟的典故，借古喻今，表达自己坚守气节、不与元朝合作的决心。颈联借"旧燕""啼鹃"等意象，表达故国之思与亡国之痛。尾联写往事凄凉不堪回首，复国无望，唯有泪尽血沾缨，悲壮之情溢于言表。整首诗情感真挚，意象丰富，用典贴切，是一首典型的亡国哀思之作。

# 柴元彪

柴元彪，生卒年不详，字炳中，号泽臞居士，衢州江山人。柴望从弟。咸淳四年（1268）进士，曾任观察推官。宋亡，与从兄望等四人隐居不仕。著有《袜线集》。

## 游江郎山

世事无情几变迁，郎峰万古只依然。
移来渤海三山石，界断银河一字天。
云卷前川龙挂雨，风生阴洞虎跑泉。[1]
群仙缥缈来笙鹤，石顶天香堕玉莲。

（康熙《衢州府志》卷三）

### 注 释

[1] 跑（páo）：走兽用脚刨地。

### 赏 析

开篇诗人即感叹朝代更迭，时光荏苒，世事难料，让人心生无奈，但江郎山却依然如故，展现出一种超越时间的坚韧与永恒。

颔联两句想象力丰富，作者仿佛看到了渤海之石被移至此处形成了壮丽的景象，更将银河一分为二，展现了自然界的神奇与伟大。颈联两句生动描绘了山中绚美景象，云卷云舒，"龙挂雨""虎跑泉"，让人仿佛身临其境，感受到大自然的磅礴气势。据说江郎山顶有天池，尾联遂悬想群仙乘鹤缥缈而来，芳香四溢，玉莲坠落，为整首诗增添了一份神秘与仙气。

黄宾虹　江郎山化石亭　现藏浙江省博物馆

# 王 恽

王恽（1227—1304），字仲谋，号秋涧，卫州汲县（今河南卫辉）人。官至翰林学士、知制诰。著有《秋涧先生大全集》。

## 龙游道中

路入龙游不见山，纵横阡陌瀔江边。

穿篱腊笋如枪槊，夹道寒花似火燃。[1]

（《王恽全集汇校》卷三〇）

### 注 释

[1] 枪槊：长枪长矛，此处形容冬笋破土而出的样子。

### 赏 析

王恽所处的时代，南北分治已过百年。元朝统一南北后，至元二十六年（1289），王恽任福建闽海道提刑按察使，有了去南方亲睹人文景物的机会。这年冬天，王恽一了夙愿，沿路经过衢州，眼前阡陌纵横，瀔江蜿蜒流过，篱旁路边，新笋如枪矛破土而出，寒花如火欲燃，充满了蓬勃生机，简直有"山行不识冬"的味道。

这一路上王翚还写下了"龙丘风土类中原，两势山开百里川。白鹭水田摩诘画，桃花溪洞武陵船"等诗句，感叹原来南北也没有截然相异之处，只是气候不同，南方的冬天不像北国那样单调，而像王维笔下的"漠漠水田飞白鹭"，又像陶潜笔底美丽的桃花源，显露了诗人领略南国大好河山后的感叹之情。

清　王翚　平林散牧图（局部）

# 周　密

周密（1232—约1298），字公谨，号草窗，又号萧斋，晚号四水潜夫、华不注山人、弁阳老人，祖籍山东济南，迁居吴兴（今浙江湖州）。以门荫入仕，官丰储仓检察、义乌令。入元后不仕。与吴文英（号梦窗）并称"二窗"。著有《草窗韵语》《蘋洲渔笛谱》《云烟过眼录》《齐东野语》《武林旧事》《癸辛杂识》等，编有《绝妙好词》。

## 长亭怨慢 怀旧[1]

记千竹、万荷深处。绿净池台，翠凉亭宇。醉墨题香，闲箫横玉尽吟趣。胜流星聚，知几诵、燕台句。零落碧云空，叹转眼，岁华如许。　　凝伫。望涓涓一水，梦到隔花窗户。十年旧事，尽消得，庾郎愁赋。[2] 燕楼鹤表半飘零，算惟有、盟鸥堪语。漫倚遍河桥，一片凉云吹雨。

（《草窗词集》卷上）

## 注 释

[1] 词前原序：岁丙午、丁未，先君子监州太末。时刺史杨泳斋员外、别驾牟存斋、西安令翁浩堂、郡博士洪恕斋，一时名流星聚，见为奇事。倅居据龟阜，下瞰万室，外环四山，先子作堂曰"啸咏"。撮登览要，蜿蜒入后圃。梅清竹癯，亏蔽风月，后俯官河，相望一水，则小蓬莱在焉。老柳高荷，吹凉竟日。诸公载酒论文，清弹豪吹，笔研琴尊之乐，盖无虚日也。余时甚少，执杖屦，供洒扫，诸老绪论殷殷，金石声犹在耳。后十年过之，则径草池萍，怃然葵麦之感，一时交从，水逝云飞，无人识令威矣。徘徊水竹间，怅然久之，因谱白石自制调，以寄前度刘郎之怀云。　　[2] 庚郎愁赋：庾信有《愁赋》。

## 赏 析

　　本篇是词人早年的作品，词前原有长序，回忆当年在衢州侍父的情景。淳祐六年至七年（1246—1247），词人的父亲周晋曾任衢州通判，当时词人陪侍在侧。后来周晋改任福建汀州知州，不久去世。宝祐五年（1257），词人从汀州北归，旧地重游，写下了这首怀旧词作。词人以"记"字领起追写十年前的景象，接着由回忆转入眼前，由写景转入抒情，岁月飞逝，令人喟叹！下片写今日之景，层层翻写风光依旧、人去楼空的惆怅心境，抒发葵麦之感。周密词文字精美，吴梅《词学通论》说："而凭高念旧，怅触无端，又复用意明晰，措词娴雅者，莫如草窗《长亭怨》'怀旧词'。""此等词结构布局，最是匀称，可以为法。"

# 蒋 捷

蒋捷(约 1245—1305 后),字胜欲,号竹山,常州宜兴(今属江苏)人。南宋咸淳十年(1274)进士。南宋覆灭,深怀亡国之痛,隐居不仕,世称"竹山先生"。蒋捷长于词,与周密、王沂孙、张炎并称"宋末四大家",在宋季词坛上独标一格。有《竹山词》。

## 一剪梅 宿龙游朱氏楼

小巧楼台眼界宽。朝卷帘看。暮卷帘看。故乡一望一心酸。云又迷漫。水又迷漫。　天不教人客梦安。昨夜春寒。今夜春寒。梨花月底两眉攒。敲遍阑干。拍遍阑干。

(《蒋捷词校注》卷二)

### 赏 析

暮春时节,时暖乍寒。词人溯钱江漂泊,流落到龙游,寄宿在一户朱姓人家。风寒衾薄,愁长苦多。卷帘推窗,遥望北方,可故乡迢递,远在云遮雾绕的天边。离开家乡很久了,词人不免思绪万千，感慨系之。今人严迪昌说："《一剪梅》词牌的特点是在舒徐（七字句）与急促（四字叠句）的节奏较整齐的交替中，显现动人的音乐性。"词人纯熟地用回环复沓的节奏，把月明思乡、凭栏远眺的情感，抒发得淋漓尽致。词中字面上处处怨天，是内心悲愤的折射。蒋捷被人誉为"长短句之长城"，这首词写得清疏隽永，是词人的本色作品。

宋　马麟　楼台夜月图

# 鲜于枢

  鲜于枢（1246—1302），字伯机，号困学民、西溪子、直寄老人，大都渔阳（今天津市蓟州区）人，生于汴梁（今河南开封）人。元世祖时曾官两浙转运使经历。后定居杭州西溪，筑困学斋。大德六年（1302）授以太常寺典簿，未及到任而卒。鲜于枢在浙江为官期间，留下不少诗作。著有《困学斋集》。

## 石桥山留题

旁通日月上星辰，有路遥应接玉京。[1]

仙弈未终人物换，秦鞭不到海波平。[2]

当时混沌知谁凿，他日崆峒强自名。[3]

枯树重荣事尤异，欲从樵者问长生。

（《元诗选二集》卷六）

## 注　释

[1]玉京：道家称天帝所居之处，泛指仙都。　[2]秦鞭：即秦王鞭石的典故。《艺文类聚》引《三齐略记》载："始皇作石桥，欲过海观日出处。于时有神人，能驱石下海，城阳一山石，尽起立。嶷嶷东倾，状似

相随而去云。石去不速,神人辄鞭之,尽流血,石莫不悉赤,至今犹尔。" [3]崆峒:借指烂柯石室。

## 赏　析

　　作者在浙江为官期间,慕名来到衢州烂柯山。烂柯山形似石桥,又名石桥山。他见石桥气势磅礴,凌云横绝,颇发感慨,当即写下此诗。诗人由山形似石桥入题,想象其飞腾驰骋于日月星辰之上、神仙境界之中、混沌未开之时。烂柯山山川绮秀,仙气氤氲,诗人的隐居希冀似乎找到了归宿。鲜于枢虽最终未能如愿就此归山,与麋鹿渔樵为友,但他的字迹被后人镌刻于烂柯山中。今烂柯山山门东侧的悬崖石壁上,有一个硕大的"仙"字,长四米,宽六米,银钩铁画,其势飞动,有飘逸之妙,真是未入山中,仙气已扑面而来。

# 吴师道

吴师道（1283—1344），字正传，祖籍衢州，移居兰溪。至治元年（1321）进士，累迁国子博士，以礼部郎中致仕。深于道学，与柳贯等唱和。能文，为诗论家。有《吴礼部诗话》等。

## 衢州超化寺[1]

宋南渡后，朱希真、汪玉山、范元长尝寓有云山阁，张巨山作记，今摧败不可登矣。[2]

前朝老屋半倾欹，尚想诸贤会集时。
阁外云山天历历，城头风雨草离离。
渡江匹马空成梦，印雪孤鸿自足悲。[3]
赖是同行非俗子，僧寮借纸录残碑。

（《吴师道集》卷八）

### 注　释

[1]超化寺：据洪迈《夷坚志》，旧址在衢州郡城北隅，左右菱芡池数百亩，十分幽静。　[2]朱希真：朱敦儒（1081—1159），字希真，河南洛阳人。南宋词人，曾任秘书省正字、两浙东路提点刑狱。后受秦桧

笼络，任鸿胪少卿。秦桧死后罢官。今存词集《樵歌》。汪玉山：汪应辰（1118—1176），字圣锡，信州玉山（今属江西）人。学者称"玉山先生"。主抗金，违秦桧意，遭贬十七年，居常山讲学。范元长：范冲，字元长。张巨山：张嵲（1096—1148），字巨山，湖北襄阳人。曾知衢州。　[3]渡江匹马：即"泥马渡康王"的故事。印雪孤鸿：出自苏轼《和子由渑池怀旧》诗"人生到处知何似？应似飞鸿踏雪泥"句。

## 赏　析

宋南渡后，朱敦儒、汪应辰、范冲曾寓居衢州超化寺后的云山阁，张嵲有文记之。至吴师道再到超化寺的时候，此地已经衰败不堪。诗中开篇便以"前朝老屋"的破败景象引入，感叹"尚想诸贤会集时"，通过想象昔日贤达们在此会集的境况，表达了对南渡历史的感怀。颔联、颈联与崔颢《黄鹤楼》之"晴川历历汉阳树，芳草萋萋鹦鹉洲"有异曲同工之处，登高远眺，风景如斯，世事沧桑，一"梦"，一"悲"，奠定全诗格调。整首诗通过对古迹和前贤的描述与追忆，抒发了诗人对岁月和人生的感慨。

# 张以宁

张以宁（1301—1370），字志道，号翠屏山人，古田（今属福建）人。元泰定四年（1327）进士，累官至翰林侍讲学士。入明，复授翰林侍讲学士。张以宁力学唐诗，为"闽中十才子"之先导。有《翠屏集》。张以宁长期担任京官，往来故乡福建，取道衢州，有《过龙游》《常山县》等诗。

## 常山县

喜近闽山南去路，楼台两岸水迢迢。

不知晓店三竿日，犹梦春江半夜潮。

吏少县庭常阒寂，戍还驿舍尚萧条。[1]

平安写就无人寄，家在溪南第一桥。

（《翠屏集》卷二）

### 注 释

[1] 阒寂：寂静。戍：此处指驻守的士兵。

## 赏 析

　　本诗描绘了诗人南下返乡的情景。到了常山，离诗人福建老家不远了，一个"喜"字总领全篇。两岸楼台，流水迢迢，正因为心情喜悦，一觉睡到日上三竿，还似醒犹梦，回味梦中春江潮水，表现出此次行程安适如常，诗人心情愉悦。既然诗题为"常山县"，张以宁遂用颈联点题，写此地阒寂萧条，宁静无事。最后，诗人述说旅途状况和他对家乡的思念，以"平安写就无人寄，家在溪南第一桥"作结。这是元明诗人最喜用的句式之一，如程钜夫"客行天下三十载，家住溪山第几桥"，成廷珪"令人却忆冯公子，知在西湖第几桥"，郭奎"不知杨柳将春色，绿到淮南第几桥"，婉曲中满含对家乡的思念，更有归乡的迫不及待。

宋　佚名　溪山春晓图（局部）

# 余 阙

　　余阙（1303—1358），字廷心，元唐兀人，世居河西武威，父为官庐州（今安徽合肥），遂居庐州。元统年间进士，任泗州同知，历中书刑部主事、翰林院修撰等。至正初，任浙东道廉访司事，为官严明。至正十三年（1353）守安庆，任淮南行省左丞。至正十八年（1358），陈友谅军攻占安庆，自刎而死。有《青阳集》。

## 龙丘苌吟赠程子正 [1]

战龙起新室，群鸟亦翩翩。

伟哉龙丘生，抱琴归故山。

仰视天际鸿，俯弄席上弦。

清音发疏越，逸响遗涧泉。

悠悠凤翔汉，婉婉虬媚川。[2]

清风自千古，何用能草玄。[3]

（《元诗选初集》庚集）

余绍宋　龙丘山图　现藏浙江省博物馆

## 注 释

[1]龙丘苌：西汉末人，王莽时隐居于太末九峰山，耕稼为业。好学博闻，与严子陵、钟离意等名士为友，志向高洁，以德行和学问知名于世。朝廷屡次征召，他均辞谢不受。今龙游东华山有龙丘祠。程子正：程养全，字子正，江西德兴人。元至正年间进士，曾任龙游县丞，廉介有声。 [2]汉：天河，银河。虬：传说中有角的小龙。 [3]草玄：用汉扬雄典。《汉书·扬雄传》："哀帝时，丁、傅、董贤用事，诸附离之者或起家至二千石。时雄方草《太玄》，有以自守，泊如也。"后以"草玄"指淡于名利，潜心著述。

## 赏 析

至正年间，余阙抵龙游，他仰慕龙丘苌的美名，于是作诗赞美，并把此诗送给当时的龙游县丞程养全。余阙诗以汉魏为宗，骨力遒劲，才气排宕，此诗借歌颂龙丘苌而劝勉友人，意态十分洒脱。"仰视天际鸿，俯弄席上弦"，以简洁而富有画面感的语言，勾勒出了诗人的内心世界。最后通过"清风自千古"，表达了对高尚情操的赞美与向往；同时，通过"何用能草玄"这一反问，表达了清高自守的精神"自千古"，并不一定要书写述志的文章。

# 萨都剌

萨都剌（约1307—1359后），字天锡，号直斋，答失蛮氏，世居雁门（今山西代县）。博学能文，泰定四年（1327）进士，官至江南行台侍御史，后寓居杭州。有《雁门集》。

## 三衢马太守昂夫索题烂柯山石桥[1]

洞口龙眠紫气多，登临聊和采芝歌。[2]

烂柯仙子何年去，鞭石神人此地过。

乌鹊横空秋有影，银河垂地水无波。

遥知题柱凌云客，天近应闻织女梭。[3]

（《雁门集》卷一二）

## 注 释

[1]马太守昂夫：薛超吾，回鹘人，汉姓马，字昂夫，时任衢州路总管。
[2]采芝歌：秦末，东园公、甪里先生、绮里季、夏黄公见秦政苛虐，乃隐于商山，曾作歌曰："莫莫高山，深谷逶迤……晔晔紫芝，可以疗饥。"名为"采芝操"，又称"四皓歌"。 [3]题柱：司马相如等有题词于桥柱事，比喻对功名有所抱负。织女梭：织女星的前面有四颗闪亮的星星，形状为菱形，古人认为这个形状很像织布所用的梭子。

## 赏 析

　　元统年间，萨都剌任福建闽海道肃政廉访司知事，在衢州又一次与薛昂夫相会。见友人远道路过，薛昂夫做东邀萨都剌游名胜烂柯山。此诗颈联描写石梁的两句非常特别，"秋"怎么会有"影"？这是诗人将视觉形象、听觉形象等联通使用的结果，即现代派所谓的"通感"手法。在通感中，由于全身心投入去感知生活，往往会获得综合性的感受，比如颜色似乎有温度，声音似乎有形象，冷暖似乎有重量。萨都剌这里用通感使不可捉摸又无处不在的秋夜朦胧变得呼之欲出，使人感受着宇宙安睡的鼻息和它的肃穆宏伟。

浙江诗话

# 明清

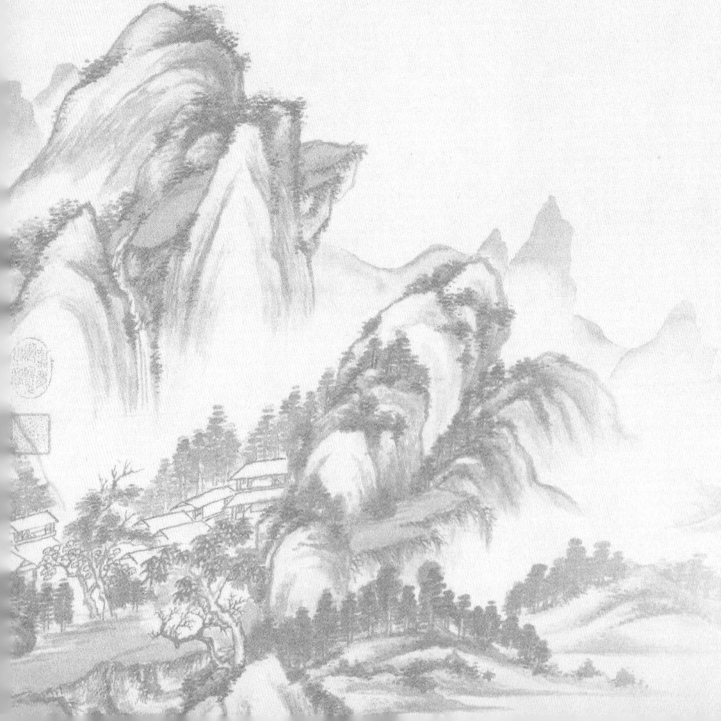

# 刘 基

刘基（1311—1375），字伯温，号犁眉公，青田南田（今浙江文成）人。元元统元年（1333）进士，授高安县丞。辅佐朱元璋成就帝业，为明朝开国元勋之一，官至御史中丞兼太史令，封诚意伯。晚年被胡惟庸构陷，郁愤而终。刘基为元明间浙派文人领袖，与宋濂、高启并称为"明初诗文三大家"。有《诚意伯文集》。

## 早发衢州道中

草际生曙色，林端收暝烟。

露花波啼脸，风叶弹鸣弦。

农家喜铚艾，行歌向东阡。[1]

大道无狭邪，平原多稻田。[2]

客行良不恶，敢曰从事贤。[3]

（《刘伯温集》卷二〇）

## 注 释

[1]铚艾：收割。引申指收获。艾，通"乂"。　[2]狭邪：小街曲巷。
[3]贤：多，引申为劳。《诗经·小雅·北山》："大夫不均，我从事独贤。"

## 赏 析

刘基这首诗描绘了一幅早行路上的宁静美景,以及诗人在此景中心旷神怡的心境。清晨时分,草地上渐渐升起曙光,林梢上暮霭逐渐消散。露水滋润着花瓣,风吹树叶发出悦耳的声响。农家人正在享受丰收的喜悦,欢快地走向田间。诗里有宽阔的道路和广袤的稻田,展现了一幅丰收在望的景象。尾联则表达了诗人对当地主政官员的赞美之情。

宋　佚名　春耕图纨扇页

# 袁敬所

袁敬所，生卒年不详，明初人，传为江右（今属江西）人。曾官编修。靖难之役后，流寓常山之松岭，避见故人。善饮酒，饮酣，辄书陶渊明《五柳图诗》，书罢，悲吟流泪。

## 题文笔峰 [1]

郁萧台馆五云韬，锦绣山川压巨鳌。[2]

一水光摇银带小，九天星逼玉楼高。

鸾分花影栖红药，龙戏珠光照碧桃。

踏碎烟霞归去晚，月华寒晒藕丝袍。

（天启《衢州府志》卷一四）

## 注 释

[1] 文笔峰：在今常山县东南，南宋乾道四年（1168）在山巅建有文峰塔，而称名文笔峰（塔山）。　[2] 郁萧：郁罗萧台，传说中元始天尊所居的仙山玉京山。此指文笔峰。

## 赏 析

　　此诗开篇壮丽而神秘，让人仿佛置身于一个云雾缭绕、仙气飘袅的仙境之中。颔联更是将画面的层次感推向了极致：水波荡漾，仿佛连银河都为之摇曳；星辰璀璨，似乎要逼近那高耸入云的玉楼。这样的景象，简直就像是梦中的仙境一般。颈联则将生灵与景物巧妙地结合在一起：鸾鸟在花影中栖息，红药花更加娇艳；骊龙戏珠，光摇不定，映照碧桃，更添神秘与美丽。最后两句，则是以归途收束全诗，将读者从仙境拉回现实。但即便如此，"踏碎烟霞"，以及那月光下的藕色丝袍依旧散发着淡淡的寒意与仙气，让人难以忘怀。

# 韩 雍

韩雍（1422—1478），字永熙，长洲（今江苏苏州）人。正统七年（1442）进士，授湖广道监察御史，巡按江西。为官正直不阿，多有惠政，数起数落，曾任浙江参政，再迁左副都御史，提督两广军务。有才略，治军严，成化十年（1474）致仕。有《襄毅文集》。

## 延常山杨医师灸火诗以酬之[1]

浙水西头积庆堂，堂中人物异寻常。

轩岐妙术传三世，泰华高名动四方。[2]

丹火暖时熏艾剂，橘泉清处淬针芒。[3]

相逢莫厌频频疗，海内苍生多病伤。

（《韩襄毅集》卷五）

## 注　释

[1]韩雍自注："其家有积庆堂。"常山杨医师：据韩雍《送医师杨文深还常山序》和《梁家园杨氏宗谱》载，杨医师名潜，字文深，是明代著名针灸学家杨继洲家族的前辈名医。　[2]轩岐：黄帝轩辕氏与其臣岐伯

的并称。他们被视作中医的始祖。泰华：泰山和华山。　　[3]橘泉：用"橘井泉香"典故。葛洪《神仙传·苏仙公传》记载：苏耽成仙前，预言将有瘟疫流行，告诉母亲自家庭院的橘叶和井水能治病。后来果然如其所言，其母依言救了很多人。此后就用"橘井泉香"象征高超的医术和高尚的医德。

## 赏　析

景泰年间，韩雍自京城受命巡按江西，无奈颈生一瘤，一路遍请南北名医诊治，均不奏效。第二年，南京刑部尚书杨宁荐举了常山名医杨文深前来医治。杨医师果然不负所托，"一针一剂立有奇效"。韩雍深感其恩，作了《送医师杨文深还常山序》一文，并为杨文深的母亲作《杨母孺人樊氏墓表》和《常山杨氏族谱赞》，是研究杨氏家族的珍贵资料。诗中，韩雍以饱满的情绪直接赞颂常山医药世家杨氏不同寻常的医术和名动四方的名声。"橘泉清处"不仅形容医术的炉火纯青，也赞颂了医师的医德，传达了诗人对杨医师的赞美和感激之情，并将自己的人生理想蕴含其中。尾联"相逢莫厌频频疗，海内苍生多病伤"，既是期望杨医师能继续医治更多的人，也隐含着诗人的政治理想，希望能医治世人的创伤。

# 林 俊

林俊（1452—1527），字待用，号见素、云庄，福建莆田人。成化十四年（1478）进士，历任云南按察副使、南京右佥都御史、湖广巡抚等。正德六年（1511）归田，嘉靖元年（1522）又起为工部尚书、刑部尚书，加太子太保。卒谥贞肃。为人刚直敢谏，廉正忠诚。有《见素文集》《西征集》。林俊尝于常山悼樊莹墓，题诗文峰书院，与开化方豪唱和。

## 草萍驿 [1]

投迹丘樊分所当，萍踪深自愧梯航。[2]

可应倦足能千里，又是浮名博一忙。

问俗颇惊人事异，望乡时见海云苍。

钓台地近惭重过，我欲回辀醉白堂。[3]

（《都御史陈虞山先生集》卷一〇）

## 注　释

[1] 草萍驿：古驿站名，位于今常山县城西的草萍村，与江西交界，是浙赣古道上最重要的驿站。古代流传至今的草萍驿诗有三百余首，可谓

"江南第一诗歌驿站"。 [2]丘樊：乡野。梯航：梯子和航船，指长途跋涉。 [3]钓台：指严子陵钓台，位于今杭州市桐庐县富春江畔，因东汉严子陵隐居于此得名。辀（zhōu）：车辕。醉白堂：北宋韩琦因慕白居易晚年饮酒咏诗为乐，在其家乡安阳修建醉白堂。苏轼有《韩魏公醉白堂记》。

## 赏　析

　　本诗为林俊宦游路上，经过草萍驿时所作。诗人为官多年，宦海沉浮。他有迷惘，怕一切努力"又是浮名博一忙"，所有的山程水路，都如萍踪般无痕。在一时的迷茫中他望向了家乡的方向，也许那里才是人生最好的归途。但诗人在家与国的内心抉择中，还是选择了自己的政治抱负——一个"惭"字，已说明一切。他心中愧对故土，愧对亲人，甚至愧对严子陵这样的前辈隐士。出世与入世，大家与小家，一直是中国文人难以取舍的内心矛盾，他们一面渴望建功立业、青史留名，同时又向往无拘无束、闲云野鹤般的隐士生活。这也许是林俊《草萍驿》诗得到众多文人共鸣的原因之一。本诗此后多有和韵，明陈察《都御史陈虞山先生集》中收本诗，并收入陈察、王守仁等人的和诗。

# 唐 胄

唐胄（1471—1539），字平侯，号西洲，琼州府琼山（今属海南海口）人。弘治十五年（1502）进士，授户部主事，累迁户部侍郎等。嘉靖十七年（1538），因"大礼议"事，下诏狱，削籍归。《明史》评之："胄耿介孝友，好学多著述，立朝有执持，为岭南人士之冠。"有《西洲存稿》。

## 衢州石塘橘[1]

昔过龙阳感旧枝，石塘今见子离离。[2]

清霜寒露催金壳，春雨秋风酿蜜滋。

画舫万笼燕与魏，青林千顷鹿和狮。[3]

瑶池可有金丹渴，桃畔栽堪此地移。

（《全粤诗》卷一八六）

### 注 释

[1]石塘：今衢州市柯城区航埠的旧称。古为临江乡石塘里，上下二十里，是衢州柑橘的核心产区。 [2]龙阳：今湖南汉寿。三国时丹阳太守李衡派人在武陵龙阳种植了千棵柑橘，子孙得以富足。 [3]燕、

魏：用燕文侯和魏文帝的典故，说明衢州石塘橘的珍贵。《太平御览》："《史记》曰：苏秦说燕文侯曰：'君诚能听臣，齐必置鱼盐之海，楚必致橘柚之园。'……《吴历》曰：吴王馈魏文帝大橘，魏文帝诏群臣曰：'南方有橘，酢正裂人牙，时有甜耳。'"鹿、狮：鹿橘和狮柑，历史上衢州柑橘的两个大宗常规品种。因皮厚耐贮，适宜长途运输，多销售于北方市场。

## 赏　析

　　唐胄何年经过衢州，已难以考证，但他留下的这首诗，再现了航埠历史上种植柑橘的盛况。诗人运用新奇丰富的想象与优美的语言，生动地描绘了石塘橘的生长环境和丰收景象，表达了诗人对衢州石塘橘的热爱和赞赏。最后一联，把衢州的石塘橘拔高到一个无可复加的高度：不妨在天上瑶池仙桃的边上种上石塘的柑橘！古往今来，路过衢州的文人墨客谁不对衢州柑橘赞不绝口，至今还能读到上百首吟咏衢州柑橘的诗篇，诸如"有地皆种橘，无处不飞花""斜阳晚市小淹留，风味衢州胜福州"之类优美的诗句俯首可拾，唐胄的《衢州石塘橘》无疑是咏颂衢橘的上乘佳作。

# 王守仁

王守仁(1472—1529),字伯安,号阳明,浙江余姚人。明代哲学家、教育家,世称"阳明先生"。弘治十二年(1499)进士。官至南京兵部尚书、左都御史。正德时巡抚南赣,定宸濠之乱。嘉靖时封新建伯,总督两广。卒谥文成。万历十二年(1584)从祀孔庙。王阳明是"心学"的集大成者,提出"知行合一"说,在明代影响很大,并流传到日本。有《王文成公全书》。

## 书草萍驿(其一)

九月献俘北上,驻草萍,时已暮。忽传王师已及徐淮,遂乘夜速发。次壁间韵纪之二首。

一战功成未足奇,亲征消息尚堪危。
边烽西北方传警,民力东南已尽疲。
万里秋风嘶甲马,千山斜日度旌旗。
小臣何尔驱驰急,欲请回銮罢六师。

(《王文成公全书》卷二〇)

## 赏　析

　　当时王守仁平定宁王朱宸濠之乱，北上献俘，驻留草萍时已近黄昏，突然接到消息，正德皇帝亲征的队伍已接近徐淮地区。于是他乘夜速发，并在宿处的墙壁上题写本诗。"尚堪危""方传警""已尽疲"写出了王守仁的忧虑，一战功成，他丝毫没有夸耀的喜悦，而是急切地希望正德皇帝能够回銮并罢征，以减轻百姓的负担。秋风中，甲马嘶鸣，斜日下，旌旗招展，万里征战之景跃然纸上，为什么"小臣"要这么着急？原因是"欲请回銮罢六师"。王守仁的这首诗展现了他作为军事家的豪迈与作为政治家的忧国忧民之情，其于诗中将征途的艰辛以及个人的无奈、期望表达得淋漓尽致。

# 黄 衷

黄衷（1474—1553），字子和，南海（今属广东佛山）人。弘治九年（1496）进士，历任湖州知府、云南左布政使、兵部右侍郎等。在任上安民除盗，执法除奸，清正廉明，颇有政声。有《矩洲集》等。

## 马金镇[1]

赤鸠声急曙光斜，久客逢山梦亦赊。[2]

雉纛亭亭清道雨，熊车款款浅溪花。[3]

僧依白社还芟麦，人逐红巾未奠家。[4]

幕下更咨深入计，不妨云鸟驻前沙。

（《矩洲诗集》卷一）

## 注 释

[1] 马金镇：位于今开化县北，是浙西通往皖、赣的交通要道，战略区位优势独特。　[2] 赊：迟缓、悠长之意。　[3] 雉纛（dào）：指用雉尾装饰的大旗。熊车：有伏熊形横轼的车。汉时为公、列侯所用，后亦用以指代地方官员用车。　[4] 白社：白莲社。东晋释慧远于庐山东林寺同慧永等结社，又掘池种白莲，称白莲社。红巾：泛指当时起义的农民。

## 赏　析

黄衷任湖州知府期间，江西姚源农民王浩八等起义，进入浙江开化，黄衷到马金支援，留下《援开化》《马金镇》等诗。本诗从"赤鸠声急"入笔，以"云鸟驻前沙"收笔，点明了此行的目的，以及诗人运筹帷幄的从容。日出时分，赤鸠叫声急促，诗人长期在外，即使在梦里，也感叹家乡的遥远。插着旗帜的战车在途中缓缓行进，寺庙中有僧人在收割麦子，百姓们却因为大小战事的缘故不能安居乐业。全诗最后又落脚于诗人的军旅生活，期待能通过好的计策尽早结束争战。好的诗文，或闪转腾挪，或轻拿重放，或天马行空，或细捺慢捻，皆能举重若轻，挥洒自如。这首诗就是一个很好的例子。

# 祝 望

祝望（约1477—约1570），字公望，号海鹤，自称龙丘道人、海鹤道人，浙江龙游人。出身世家，少从父闻陈献章、章懋讲学，绝意仕进，结庐石处山隐居。斫琴名家，创制蕉叶式古琴，在当时声望极高。

## 石处山居二首 [1]

曲曲溪流十里余，断崖深处草为庐。
主人半世无他事，昼是看云夜读书。

万垒青山障小庐，千竿修竹映窗虚。
柴门尽日松云锁，一树梅花伴读书。

（康熙《龙游县志》卷五）

## 注 释

[1] 石处山：在今龙游城南石角村灵溪旁，为祝望归隐处。

清　吴伯滔　境外桃源图　现藏衢州市博物馆

## 赏　析

  这两首诗都以自然景物为背景，曲溪断崖，修竹梅花，诗人通过石处山美丽的景色和安适的居处，描绘了一种宁静、淡泊、高洁的读书生活，充满了田园诗意的韵味。不仅诗中有画，诗中还有小溪潺潺、松风谡谡的音乐美。

# 方　豪

　　方豪（1482—1530），字思道，号棠陵，浙江开化人。正德三年（1508）进士，除昆山知县，迁刑部主事，谏武宗南巡，杖几死。后起为湖广副使，升福建提刑按察副使。致仕归，以诗酒自娱。今存《棠陵集》《断碑集》。有明一代，方豪堪称衢州交游最广的诗人，王世贞、杨慎、严嵩、王守仁等都与其过从。

## 西高峰 [1]

南高北高吾得游，西高空在三衢州。

万家烟火足下起，一望洲渚天边浮。

至人作事太奇绝，诸客执袂皆风流。[2]

老僧亦解供笔砚，坐缘拂罢猩猿愁。[3]

（万历《常山县志》卷一五）

### 注　释

[1]西高峰：在今常山县城西南。西峰夕照是古常山的十景之一，有"秀绝人寰第一峰"之誉。　[2]至人：本指思想或道德修养极其高超的人，此指王守仁。诸客：指同游的人。执袂：拉住衣袖。形容分别时

依依不舍。　[3]猩猿愁：猩猿哀鸣。在古代诗歌中，常借猿的意象写离别的伤感与不舍。

## 赏　析

  嘉靖六年（1527），一代大儒王阳明受命总督两广，前往广西平思田之乱，路过常山。弟子方豪陪同恩师游览了西高峰和山脚下的西峰寺，乃有此诗，王阳明欣然作《方思道送西峰》相赠。方豪笔下的西高峰是"万家烟火足下起，一望洲渚天边浮"。这句诗，就是一幅壮丽的人间与天地交融的画卷。诗人以雄伟高峻的西高峰为背景，为"至人"王阳明的出现打下伏笔。方豪从山着笔，以山衬人，表达了对阳明先生无比的敬仰与不舍之情。方豪的诗文笔流畅，寄情于山水之间，表达了对自然的热爱和对生活的感悟。他诗学杜甫，虽稍嫌荏弱，但亦常有笔力酣畅、文采斐然之作，比如这首《西高峰》。

# 吾 谨

吾谨（约1485—约1519），字惟可，号了虚，浙江开化人。天才卓荦，少有奇童之称。正德十二年（1517）进士。诗文典雅正大，与人相交，则爽直明快，不合即当面斥责，不留情面，故时人称其"文如班马，故自负益大"。与何景明、李梦阳、孙一元并称"四才子"。著有《了虚集》。

## 天童山[1]

秋山万点纡嶙峋，空青冻合浮乾坤。[2]

登高送此千里目，落霞远水明孤村。

鹘没苍冥杳无际，乌兔东西相吐吞。[3]

烟萝郁翠闭虚窟，俯视下土空尘氛。[4]

（康熙《衢州府志》卷三）

### 注 释

[1]天童山：位于今开化县城北，为浙西地区的道教名山。相传唐代道士酆去奢于此修炼，感天童八仙下降，因以名山。又传说宋道士王自然有道行，能呼风唤雨，亦弃家修炼于此。　[2]纡：盘曲，缠绕。空

青：指青空，青色的天空。冻合：凝结，冰封。　[3]鹘：隼。乌兔：传说日中有乌，月中有兔，故以乌兔代指日月。　[4]虚窟：洞窟。

## 赏　析

　　正德十一年（1516），吾谨得中乡魁，适逢方豪在家守孝，乃与方豪、刘子颖、周子纲四人结伴游西山，登天童。本诗大约写于此时。诗人通过登高远眺的视角，展现了秋日傍晚的美丽景色，成功地绘制出远近结合、动静相宜的画面。这不仅是对自然景观的生动描绘，也反映了诗人对自然美景的热爱和对广阔天地的向往。此诗还蕴含着深刻的哲理思考。诗人通过"俯视下土空尘氛"的描绘，暗示了尘世间的功名利禄都是虚无缥缈的，唯有内心的宁静与超脱才是人生的真谛。这种思考体现了吾谨对生命价值的深刻洞察和对人生意义的独特理解。

# 胡宗宪

　　胡宗宪（约 1512—1565），字汝贞，号梅林，徽州绩溪（今属安徽）人。嘉靖十七年（1538）进士，嘉靖三十三年（1554）出任浙江巡按御史。时倭寇大肆攻掠沿海州县，擢为右佥都御史，主持东南沿海抗倭事宜，很有功绩。嘉靖三十九年（1560）以平海盗汪直功加太子太保。得明世宗宠信，晋兵部尚书。严嵩获罪后，胡宗宪亦屡被弹劾，下狱死。有《筹海图编》等。

## 同幕客徐天池沈勾章秀才翠光岩看渡兵 [1]

　　崇岩百尺俯清漪，胜地天留自有期。[2]

　　隔浦青山开锦障，悬崖红树列彤帏。

　　垂鞭倚马看兵渡，引缆行舟觉岸移。

　　幕客交游多意气，因将长剑镵丰碑。[3]

（康熙《龙游县志》卷五）

## 注　释

[1] 徐天池：即徐渭，中年为胡宗宪幕僚，胡宗宪获罪后惊惧发狂，自杀未成。沈勾章：即沈明臣，与徐渭同入胡宗宪幕。翠光岩：位于龙游

城西，衢江出盈川，过团石湾，到翠光岩时，河道突然变窄，落差骤然加大，水流湍急。　[2]清漪：水清澈而有波纹。　[3]镌：用铁器刺或錾。

## 赏　析

　　胡宗宪长期主持东南抗倭事务，重用俞大猷、戚继光等名将，为平定倭患作出了巨大贡献。本诗写于胡宗宪在龙游翠光岩下观看练兵之时，当时徐渭、沈明臣相陪。首联、颔联写翠光岩的奇绝景色，给人雄奇壮丽、江山如画之感。而此诗亦如衢江，开始水阔流缓，到翠光岩下骤然奔腾。颈联"垂鞭倚马"时才见真章，尤其"引缆行舟觉岸移"，化行舟为静，变水岸为动，颇具气势。尾联称赞同行之人，以剑镌碑，更显闳肆霸气，也更符合军旅气质。

# 沈明臣

沈明臣（1518—1596），字嘉则，号勾章山人，鄞县（今属浙江宁波）人。沈明臣早年为诸生，累赴乡试不中，遂专意于诗。嘉靖间与徐渭、余寅同为胡宗宪幕僚，掌书记职，时献计策，参与抗倭。性好纵酒斗诗，语多慷慨。平生作诗七千余首，与王叔承、王稚登同称万历年间三大"布衣诗人"。有《丰对楼诗选》。

## 凯 歌

衔枚夜渡五千兵，密领军符号令明。[1]
狭巷短兵相接处，杀人如草不闻声。

（《明诗综》卷四九）

## 注 释

[1]衔枚：古代军队秘密行动时，让兵士口中横衔着枚（像筷子的东西），防止出声，以免敌人发觉。

## 赏　析

本诗写于沈明臣为胡宗宪幕僚时。据钱谦益《列朝诗集小传》，东南沿海的抗倭战争取得大捷，胡宗宪在烂柯山大摆酒席，犒宴全军将士。三巡酒过，胡宗宪请沈明臣作诗以志，沈明臣挥笔立就，至"狭巷短兵相接处，杀人如草不闻声"，胡宗宪拍手称快："何物沈生，雄快乃尔！"遂命将诗刻石置烂柯山。"杀人如草"意思是杀死的人多得像乱草，愈发展现了战争的残酷，亦突出军容之整。作为抗倭凯歌，本诗写得气势雄壮，痛快淋漓。

明　仇英（传）　抗倭图（局部）

# 徐　渭

徐渭（1521—1593），初字文清，后改字文长，号青藤道士、天池山人等，山阴（今浙江绍兴）人。二十岁为诸生，屡次乡试不中。曾为胡宗宪幕僚。一生不治产业，以鬻卖字画为生。晚年贫病交加，抱愤而卒。徐渭在诗文、戏剧、书画等各方面都有成就。著有《四声猿》《南词叙录》《徐文长集》等。

## 江郎山

危蹬发闽甸，孤壁矗江浦。[1]

日如云外升，天从隙中度。[2]

标映翠逾莹，赭错苍微护。

不爱山人樵，自山水沉树。

高顶澄方地，遥夜足春雨。

蝌蚪自依苔，鲜鳞倏飞雾。

何以致兹奇，鸟攫涸流鲋。[3]

清夕听啼猿，白日接仙驭。

仰止莫能攀,搔首徒延伫。

(《徐文长三集》卷四)

## 注 释

[1]闽甸:指福建。　[2]隙:山间裂隙,也称"一线天"。　[3]鲋:一种鱼。《庄子·外物》有"涸辙之鲋"。

## 赏 析

据说江郎山山巅有天池,池中有金鲤,徐渭因自号"天池"。本诗开篇即以"危"和"孤"描绘江郎山的险峻与孤绝。从"高顶澄方地,遥夜足春雨"开始铺陈瑰丽想象,追究山巅天池景色和由来。最后"仰止莫能攀,搔首徒延伫",写他仰望高山,却感到无法攀登,只能搔首徘徊,久久不愿离去。这种情感既包含了对自然之美的赞叹,也透露出一种对人生道路遇阻的无奈和感叹。

# 童 珮

童珮（1524—1578），字子鸣，一字少瑜，浙江龙游人。自少随父贾书吴越江淮间，日夜攻读。后游昆山，向归有光问学，久之学识益富，诗歌日益有名。喜交游，所相交者如王世贞、王稚登、胡应麟、梁辰鱼等，皆一时名儒。有《童子鸣集》。童珮是当时著名的儒商，"龙游商帮"的标志性人物，其对衢州文化有大贡献，曾搜集并刊刻杨炯和徐安贞的遗文，成《杨盈川集》《徐侍郎集》。又与余湘合纂万历《龙游县志》十卷。

## 秋日过真武山宿豸屏道院（其一）[1]

平生麋鹿性，不使杖藜闲。

人在柴关外，心驰云水间。[2]

到家仍作客，是处只寻山。

总为流泉笑，今年鬓已斑。

（《童子鸣集》卷二）

## 注 释

[1]真武山：又名豸屏峰，位于今龙游县塔石镇。山上有豸屏道院，始

余绍宋　矛屏纪游图　现藏浙江省博物馆

建于元至正年间，后院内筑秀峰寺。"豸屏松磴"为古龙游十二景之一，历来是文人学士寻古探幽之胜地。　[2]柴关：柴门，寒舍。古诗中常引申为家园之意。

## 赏　析

　　作者共作同名诗作四首，本诗为其中之一。童珮一生喜寄情于云水之间，真武山作为龙游境内的文化名山，童珮自然不会错过。在秋日的真武山豸屏道院内，诗人用自叙式的舒缓节奏，表达自己对自然美景和心灵自由的向往，以及对时光流逝的感慨。"总为流泉笑"的童珮，用自然界最灵动最清澈的流泉，反衬"今年鬓已斑"的岁月无情和人生短暂。正是这种对比和张力，使得这首诗具有了更加丰富的内涵、意犹未尽的韵味。

# 陈 第

陈第（1541—1617），字季立，号一斋，晚号温麻山农，别署五岳游人，福建连江人。明代音韵学家、著名藏书家。喜读兵书，曾追随俞大猷、戚继光等战斗在东南及蓟北，成为抗倭名将。有《一斋诗集》等。

## 常山别戚南塘都护归宿玉山有作 [1]

怀玉溪头月色新，秋风送别复归闽。[2]

乾坤事业孤臣泪，南北离情老客身。

回首冥鸿天外远，论心芳草梦中频。

何人白首能如故，瓢笠相从泗水滨。[3]

（《一斋诗集·五岳游草》卷五）

## 注　释

[1] 戚南塘：即戚继光，字元敬，号南塘。抗倭名将，自嘉靖后期，与俞大猷等配合，消灭盘踞在东南沿海的倭寇主力，解除倭患。隆庆初奉调至蓟州，修筑长城，加强战备。后改官广东，罢归。　[2] 怀玉：即怀玉山，在今江西玉山境内。常山诸峰系怀玉余脉。　[3] 瓢笠：修行

者云游时随身携带的瓢勺和斗笠。借指行踪。泗水滨：泗水的河边。泗水在山东，代指戚继光的家乡。

## 赏　析

　　万历十三年（1585），戚继光从粤罢归，陈第直送戚继光到常山。陈第此诗使戚继光在衢州的行迹有了诗歌上的记录。月上溪头，秋风依旧，陈、戚两人依依惜别，无限别意涌上心头。经天纬地的事业（抗倭）却换来孤臣（戚继光）的泪水。鸿雁在天际越来越远，从此只能在梦里相遇，绵绵的相思如芳草无穷。谁能白首而无改，真想跟随您的脚步一起回到泗水之滨啊。陈第用深情的文字描述了他与战友同生共死的战斗情谊，也用悲伤的泪水对戚继光所遭受的不公抱以强烈的同情。戚继光归乡不久后病逝，此际一别，竟成永诀。

# 屠　隆

屠隆（1542—1605），字长卿，又字纬真，号赤水，晚号鸿苞居士，鄞县（今属浙江宁波）人。万历五年（1577）进士，授颍上县令，后调任青浦县令。万历十一年（1583）擢升礼部仪制司主事，次年因诬被免。后寄情山水，蓄养家班。晚年家贫，以卖文为生。屠隆为人豪放，爱结交天下名士，名列"中兴五子"。其诗"有天造之致""文尤瑰奇横逸"，戏剧《昙花记》《修文记》《彩毫记》都曾"大行于世"。诗文有《白榆集》《由拳集》等。

## 太末道中

乱山深处有人家，一道青烟出树斜。
水暖沙晴溪女出，绿萝低映小桃花。

（《屠隆集·屠长卿集》诗集卷一一）

### 赏　析

屠隆早年曾在"乱山深处"的开化执教，衢州和龙游都是他的必经之道。此诗可与杜牧的《山行》对读。"远上寒山石径斜，白云生处有人家。停车坐爱枫林晚，霜叶红于二月花。"首二句与

清　恽寿平　湖山春暖图（局部）

杜诗异曲同工，描绘了诗人在旅途中经过某地的所见所感，乱山深处，青烟袅袅，展现了山间人家的宁静与和谐。接着在一幅静谧的山居图中，进一步写出溪边女子的活动，如此则画面骤然活色生香。杜牧诗曲终奏雅，于萧瑟秋风中摄取绚丽秋色，与春光争胜，令人赏心悦目，精神发越；而屠隆的结句不仅写优美的自然风光，也是一种暗喻：绿萝似碧水，桃花如美人。

# 汤显祖

汤显祖（1550—1616），字义仍，号海若、若士，别署清远道人，临川（今江西抚州）人。万历十一年（1583）进士，曾官浙江遂昌知县。创作传奇《牡丹亭》《紫钗记》《南柯记》《邯郸记》，合称"临川四梦"。有《玉茗堂集》等。

## 凤凰山[1]

系舟犹在凤凰山，千里西江此日还。[2]

今夜魂消在何处，玉岑东下一重湾。[3]

（康熙《衢州府志》卷三）

### 注 释

[1]凤凰山：位于今龙游北五里衢江边，即今龙游石窟所在地。
[2]西江：犹指衢江。　[3]玉岑：对山的美称。一说为龙游城南的美称。

## 赏析

本诗为汤显祖返乡经过龙游时所作,诗人以行舟人的视角,描绘了一幅动与静、行与止交织的江景画面。此诗前两句脱胎于李白"朝辞白帝彩云间,千里江陵一日还"。船只停泊在凤凰山,是旅途中的暂时停歇,但诗人的心却早已飞向了更远的故乡,西江的浩渺与行舟的渺小形成对比,增添了诗意。如果说前两句是泼墨大写意,后两句则更显精湛,漫漫归途中,归心似箭,一句"今夜魂消在何处",显露了作者的愁思,而"玉岑东下一重湾"给出了答案,指向了小山之下一弯清澈的江水,这既是对自然景象的表述,或许也隐喻着人生的曲折。

明 万寿祺 秋江别思图(局部)

# 唐汝询

唐汝询（1565—1659），字仲言，松江青浦（今上海市青浦区）人。五岁失明，未失明时能识字，父兄教授其《诗经》及唐诗，无不能诵。此后以常人不能之毅力结绳记事，写诗作文均有所成就。尝撰《唐诗解》《唐诗十集》等书，援据赅博，当时被视为异人。工于诗，有《酉阳山人编蓬集》《酉阳山人编蓬后集》。万历中，他应同乡郡守张所望之邀，寓居衢州三年。著有诗文集《姑蔑集》。堂兄唐之屏任常山知县时，两人唱和甚多。

## 登楼有感

四十余年申浦滨，谁令晚作独游身。[1]
镜中双鬓时添雪，槛外群峰日笑人。
万树叶飞寒淅淅，三衢云起暮粼粼。[2]
临风忽下思亲泪，倚柱无言泪满巾。

（《酉阳山人编蓬后集》卷八）

### 注 释

[1] 申浦：上海。吴淞江，也称为春申江或黄浦江，故称上海为申浦。
[2] 粼粼：形容水石等明净清亮。这里形容暮云的形态。

### 赏 析

　　明万历年间，唐汝询依同乡张所望寓衢三年，宿于府山郡斋小楼，即本诗中所登之楼。唐汝询是身残志坚、自强不息的杰出代表。左丘明晚年目盲著《左传》，赢得巨大声誉，唐汝询则是五岁而盲，著成文学史上广获好评的《唐诗解》，时人将他目为"异人"。一眼盲之人行走江湖，可以想见他所经历过的苦难与苦闷。枯坐楼头，思山思水，思故乡，思朋友，应该是他生活的常态。诗和远方，都很遥远，那就让思恋成诗，让想象成河，流向远方。作为著名的唐诗选家和鉴赏家，唐汝询的诗歌创作也深受唐诗影响，诗风多样。由于他从小失明，只能通过听觉和别人的描述来感知世界，使得他的诗歌更加注重内心情感的抒发和意象的营造。

# 米万钟

　　米万钟（1570—1628），字仲诏，号友石，原籍关中，后随父入京，遂为顺天宛平（今北京）人。明万历二十三年（1595）进士，任永宁知县等，迁户部主事、工部郎中，出为浙江右参政。天启五年（1625）被魏忠贤党人倪文焕弹劾，降罪削籍。崇祯元年（1628）复官，仕至太仆寺少卿，卒于官。书画家，与董其昌齐名，称"南董北米"，与邢侗、董其昌、张瑞图并称"明末四大书家"。有《米友石先生诗》《篆隶考讹》。

## 烂柯山观仙弈二首

双丸阅世怪他忙，为羡仙翁岁未央。[1]
假使片时成异代，人天恰比洞天长。

仙棋何意野樵寻，敲断青霞坐隐深。[2]
底事长安酣斗捷，岩栖也自竞机心。[3]

（《烂柯山志》）

## 注　释

[1]双丸：指日月。未央：未尽，未完。　[2]坐隐：下围棋的别称。南朝刘义庆《世说新语·巧艺》："王中郎以围棋是坐隐，支公以围棋为手谈。"　[3]底事：何事。

## 赏　析

　　米万钟任浙江右参政时，曾一至衢州烂柯山。此二首诗清新淡雅，颇见与世不争而高远、恬淡的情致。此诗真迹现藏故宫博物院，白绫之上笔墨飞舞，毫无馆阁气味。诗以翻案胜，都说仙界一日，人世千年，为什么诗人反而说"人天"比"洞天"还长呢？有趣的是我国古人早就萌生了时间相对的观念，"烂柯"故事本身就是一个很好的例子。米万钟的诗中人间千年，沧海桑田，发生了天翻地覆的变化；而同一时间内，仙界连一局棋也没下几子。依事情的繁简而言，岂不是"人天"比"洞天"还长？另一诗也善作翻案文章，下棋又称"坐隐"，可是这些以隐为乐之士，下起围棋来却争胜赌输，斤斤计较，机心不泯，酣斗激烈。与静心归隐的初衷，相差不啻十万八千里。

# 王思任

　　王思任（1575—1646），字季重，号谑庵，山阴（今浙江绍兴）人。万历二十三年（1595）进士。知兴平、当涂、青浦三县，累迁袁州推官。鲁王监国，王思任为礼部侍郎。清兵入绍兴后，居孤竹庵中，绝食而死。工画，仿米芾、倪瓒。诗重自然，文章笔调诙谐，时有讽刺时政之作，隐寓愤激之情。有《王季重十种》。王思任曾数过衢州，留下近十首纪游诗作。

## 常山道中

石壁衢江狭，春沙夜雨连。

溪行如削马，陆处或牵船。

云碓滩中雪，人家柚外烟。[1]

故乡寒食近，啼断杜鹃天。[2]

（《王季重集》卷九）

### 注 释

[1]滩中雪：形容常山沙滩上晒纸的场面。常山旧产纸，有"球川晾雪""金川雪浪"之景。　[2]寒食：中国传统节日，在清明节前一二日。是日初为节时，禁烟火，只吃冷食。

### 赏 析

　　本诗以细腻的笔触描绘了一幅生动的江南水乡图景。诗开篇便以石壁与衢江的狭窄以及春夜连绵的细雨，勾勒出了一幅静谧的江边夜景。颔联进一步描绘了溪流的湍急与陆路的不便，展现了行路的艰难。颈联中出现了常山历史上的两大特产：纸和柚。明胡应麟《少室山房笔丛》中就有"凡印书，永丰绵纸为上，常山柬纸次之"的记载，屠隆亦说"榜纸出常山"，"球川晾雪"更是古常山十景之一。诗中水碓舂浆、岸上晾纸的过程与远处人家炊烟袅袅的宁静景象，形成了一幅动静结合的画面。尾联则表达了诗人对故乡的思念之情。在这首诗中，王思任用空灵通透的语言，把一条人世间的常山道写得如此摇曳生姿，美景迭出，不愧如钱谦益所言，他是"钟（惺）谭（元春）之外，又一旁派"的文学大家。

# 黄淳耀

　　黄淳耀（1605—1645），字蕴生，号陶庵，又号水镜居士，苏州嘉定（今属上海）人。崇祯二年（1629）入复社。崇祯六年（1633）为侯峒曾所聘，教授诸子。崇祯十六年（1643）进士，未授官而归，家居研习经籍。顺治二年（1645），清兵南下，嘉定士绅举义兵数千人，推侯峒曾与黄淳耀为首，据城抵御。城陷，黄淳耀与弟渊耀自缢于西城僧舍。著有《陶庵集》。崇祯十一年（1638），侯峒曾视学江西，招黄淳耀同往，其遂至衢州，留诗数首。

## 草萍驿有感

百年孙燧节，一决守仁功。[1]

箕尾归天上，麒麟入画中。[2]

暗苔诗壁古，大树驿亭空。[3]

无限胸中气，时危哭向风。

（《陶庵集》卷一九）

## 注 释

[1]孙燧：字德成，号一川，浙江余姚人。正德十年（1515）巡抚江西，七次上疏论宁王朱宸濠必将谋反，都被朱宸濠同党中途缴截。十四年（1519）六月，被朱宸濠杀害于南昌惠民门外。谥号忠烈。守仁：即王阳明，平定宸濠之乱。　　[2]箕尾：传说商朝武丁贤相傅说死后身骑箕尾星升天。后因以指称大臣之死。此指孙燧以死殉国。麒麟：麒麟阁，汉朝阁名，供奉功臣的地方。此指王守仁，因功勋卓著，获封"新建伯"，成为明代因军功封爵的三位文臣之一。　　[3]诗壁：孙燧和王守仁都曾在草萍驿壁上题过诗。两人的诗歌都充满了爱国和忠义的思想。

## 赏 析

　　草萍，仿佛是一座时空长河里见证历史的驿站，孙燧和王守仁这两位都曾题诗草萍的先贤，前赴后继，毫不计较个人荣辱得失。一位如傅说身骑箕尾成为天上的星星，一位如图画挂于麒麟阁中的古代功臣，二人都成为万众瞻仰的英雄。作者怀着无比敬仰之情，在草萍驿中一边读着他们的诗歌，一边用自己的诗歌怀念着两位映照千古的人物。读着驿壁上先贤的诗句，想到了危机四伏的国家和暗流涌动的现状，诗人心中的一腔爱国之气终于喷薄而出，化为临风倾洒的泪水。诗歌反映了作者在面对国家危难时的无奈和悲愤，以及对于国家命运的深切关怀和强烈的责任感。

# 许 楚

许楚（约1605—1676），字芳城，号旅亭，又号青岩先生，安徽歙县人。明末诸生。清初隐居黄山。有《青岩文集》。许楚的文集中收录有十多首游历衢州的诗歌及数篇散文。

## 浮丘仙亭歌[1]

我来定阳才半日，褰裳便访东明山。[2]
浮空羽化已百载，枕边石液犹潺湲。[3]
捍灾拔厄呼忽至，衣履真气留人间。
云踪出没何狡狯，一身分现青山外。[4]
有时蹑屧徐庑旁，宝篆灵符撤衣带。[5]
徐翁徐翁亦异人，肉眼那识浮空真。[6]
当年视与诸佣伍，奇缘仙迹皆沉沦。
至今岳岳石亭上，烟雾供养成主宾。
亭草蒙茸覆芒屦，荒碑折角苔文瞀。
坐久苍苍众木鸣，俨若浮空在虚步。

（《青岩集》卷六）

### 注 释

[1]仙亭：位于常山县南东明山上，全名慕仙亭。明万历《常山县志》记载："慕仙亭，在县东城外半里，万历初徐深为祖徐谦受（益）佣浮空立。"章懋《明处士谦受徐公传》等记载，浮空冬雪行丐，徐益怜而收留。后浮空显现法力，对徐家多有帮助，为徐益所尊。一日，浮空向徐益告别，忽端坐而逝，只留下鞋履一只，后人称其为"浮空仙"。
[2]定阳：常山旧称。东明山：在常山县东南，今辟为公园。旧志载其"每当飞兔东升，此山独明"，故名。传为浮空仙尸解处。　[3]石液：清泉。潺湲：形容河水慢慢流淌的样子。　[4]狡狯：本形容人狡猾、狡诈，此处形容浮空神乎其神的非凡手段。　[5]蹑屩：穿着草鞋行走。　[6]徐翁：指徐益。

### 赏 析

"浮空石烂思遗履"，浮空仙的传说至今在常山已流传了数百年，历来有文人记述其事。明末诗人许楚同样被浮空仙的传奇深深吸引，一到常山便不顾疲惫寻找浮空的仙迹。他乘兴而去，又带着一丝惆怅而归。诗人目之所见，只是亭草蒙茸、断碑生苔，唯有山风萧萧、树木簌簌，仿佛浮空漫游于太虚，注视着白云苍狗、变幻莫测的世界。他用诗歌的语言，精练描绘了一个传奇，而这个传奇的主人以衣衫褴褛、蓬头垢面的叫花子的面目出现。全诗怀古抚今，追怀美好的传说，又感叹时光的无情。

# 李　渔

　　李渔（1611—1680），字笠鸿，号笠翁，浙江兰溪人。明末为府学生，入清后无意仕进。清顺治间迁居杭州，后移家金陵（今江苏南京），筑芥子园别业，并开设书铺，编刻图籍，以家姬组成戏班，在达官贵人间演出，创立了较为完善的戏剧理论体系。著有《闲情偶寄》，论述戏曲、饮食、园艺等。传奇有《笠翁十种曲》，另有短篇小说集《十二楼》《无声戏》等。

## 自常山抵开化道中即事（其四）

云雾山中虎豹眠，千年松子大于拳。

自从柯烂无人伐，万丈高杉欲上天。

（《李渔全集·笠翁诗集》卷三）

### 赏　析

　　顺治年间，李渔多次来往于常山、开化，留下《自常山抵开化道中即事》六首和《自开化抵常山舟中即事》六首，本诗为其中之一。诗人从常山到开化，一路青山绿水，不由诗兴大发。诗歌开篇即展现了一个神秘而幽深的环境，山中云雾缭绕、虎豹安眠,构成了一幅野性而原始的自然图景。然后通过夸张的手法,描绘了比拳头还要大的松果,间接写出山中古树的苍老与巨大,让人感受到历史的厚重。第三句为神来之笔,借"烂柯"典故语作诙谐。斧斤不伐,自然状态下,万丈高的杉树,仿佛要直冲云霄,与天相接。这种夸张的描述,不仅展现了自然之力的强大与无穷,也让人感受到一种对自然的敬畏与向往之情。

明 董其昌 纪游图(局部)

# 施闰章

施闰章（1618—1683），字尚白，一字屺云，号愚山、蠖斋、矩斋，宁国府宣城（今属安徽）人。清顺治六年（1649）进士，授刑部主事。康熙十八年（1679）举博学鸿词科，授翰林院侍讲，参修《明史》。与宋琬合称"南施北宋"。著有《学余诗集》《学余文集》《蠖斋诗话》等。

## 仙霞岭雾雨

重雾成微雨，浮云暗远峰。

路危迷一线，岩滑转千重。

荒戍寒无火，层冰白在松。

欲寻僧舍宿，何处有疏钟。

（《学余集》诗集卷二八）

## 赏 析

本诗开篇便为全诗奠定了基调，浓雾重重，渐渐化为细雨，远处的山峰在浮云的遮蔽下若隐若现，给人一种朦胧而神秘的感觉。山路狭窄，只见一线天光；岩石湿滑，仿佛有千重险阻。荒凉的戍楼在寒风中显得孤独而凄凉,松树上挂着层层白冰,更显清冷。诗人在雾雨中寻找僧舍住宿,但周围却寂静无声,连稀疏的钟声也听不到,营造了一种凄迷无望的氛围。

清　王原祁　仿大痴富春图(局部)

# 毛奇龄

　　毛奇龄（1623—1713），本名甡，字大可，又字齐于、于一，号初晴，一作秋晴，人称西河先生，萧山（今属浙江杭州）人。明诸生。康熙十八年（1679）举博学鸿词科，授检讨，预修《明史》。二十四年（1685）充会试同考官。旋乞假归，不复出。毛奇龄与毛先舒、毛际可并称"浙中三毛"。著有《西河合集》。毛奇龄数过衢州，留下近十首诗词，与西安知县鹿祐相善。

## 过信安殷浩宅示田甥有序 [1]

　　浩北征废徙后，唯韩甥随经年，因咏曹颜远"贫贱亲戚离"送甥江上，涕泗横流。[2] 予过信安城南宅，乃不觉有伤于心，亦示甥云尔。

当年殷浩南迁日，无复亲知相伴行。

今日一过殷浩宅，教人流涕对韩甥。

（《西河文集》七言绝句卷四）

## 注　释

[1] 信安：地名。在今浙江衢州境。东汉置新安县，晋改为信安，为其属县。唐武德年间置衢州，信安为其属县，咸通年间改为西安县。殷

浩：字渊源，东晋大臣。善玄言清谈，受命为中军将军，率师北伐，但作战不力，为桓温所斥，后解职为庶人，抑郁而死。据《大明一统志》，殷浩被贬为庶人后居住在信安，宅第在府城南六里。明时旧址尚存，号为殷墙。　[2]韩甥：殷浩外甥姓韩，名康伯。曹颜远：曹摅，字颜远，谯国谯县（今安徽亳州）人。官至襄城太守、征南司马。其《感旧诗》有"富贵他人合，贫贱亲戚离"句。

## 赏　析

　　殷浩在中国文化史上贡献了三样东西：一个成语、一个诗歌典故和一堵墙：成语叫"咄咄怪事"，诗歌典故叫"殷浩吟"，墙叫"殷墙"。毛奇龄路过衢州时，特意去寻访殷浩旧迹。他在殷墙下徘徊不去，想起他的外甥去年在安徽也陪伴他度过一段失意的日子，顿时百感交集，写下了这首诗。毛奇龄表面上是写殷浩，实则是写自己，把自己对亲人的感情倾注在诗中。看来，无论是像殷浩这样的一代豪雄，还是像毛奇龄这样的文学大家，心底都有一块柔软的田地，种着对亲人的思恋与不舍。作为一个舅送外甥的经典故事，"殷浩吟"在送别诗中成为特定的对象，成了舅舅与外甥关系中一个特殊的词语。比如张祜《送外甥》："偶作魏舒别，聊为殷浩吟。"

# 洪 昇

洪昇（1645—1704），字昉思，号稗畦，钱塘（今浙江杭州）人。康熙七年（1668）国子监肄业，二十年间科场不第，白衣终身。洪昇以传奇《长生殿》闻名于世，与孔尚任并称"南洪北孔"。晚年归钱塘，生活潦倒，后以酒醉登船，堕水而卒。有《洪昇集》。

## 衢州杂感（其五）

巑岏岭势矗仙霞，阻遏妖氛建虎牙。[1]

障日丛篁劣容骑，连云列戟不通鸦。[2]

居人乱后惟荒垒，巢燕归来止数家。

一片夕阳横白骨，江枫红作战场花。

（《清诗别裁集》卷一五）

### 注 释

[1]巑岏（cuán wán）：形容山高而锐的样子。虎牙：虎帐和牙旗的合称，代指驻军布阵。　[2]劣：仅，只。列戟：本义是官庙、官府及显贵之府第陈戟于门前以为仪仗，此指兵器密布，脱胎于杜甫的名句"连

云列战格,飞鸟不能逾"(《潼关吏》)。

## 赏 析

  康熙二十五年(1686)深秋季节,洪昇乘舟溯钱塘江而上,过富阳、桐庐,到达衢州。当时衢州平耿精忠之乱不久,是年又遭受特大洪灾,哀鸿遍野,民不聊生。洪昇由此作《衢州杂感》十首。此诗起笔写衢州的地势及屯兵要塞的作用。康熙十二年(1673),平西王吴三桂在云南起兵反清,不久,靖南王耿精忠和平南王尚可喜也相继起事,史称"三藩之乱"。耿精忠起兵于福建,衢州位于浙江与福建交界处,是耿精忠由闽入浙的必经之地。因此,清廷在衢州驻有重兵,与耿精忠部发生激战。诗人想象了当年两军对垒时的紧张气氛,把"三藩之乱"与唐代的"安史之乱"相类比,对之持明显的否定态度。尽管衢州之役对阻止耿军北上、安定全国形势具有重要的历史意义,但当地百姓却为之付出了惨重的代价。作者纯用实笔白描,使战后衢州的凋敝状况尽在眼前。结尾两句哀婉之极,犹如展开了一幅让人过目难忘的画面:西风残照,白骨遍野,只有江边的枫叶还是那么红。有学者认为洪昇是有意将不和谐的事物硬性组合在一起,以制造强烈的视觉刺激的冲动,让古典美学掺入一丝现代趣味。

# 沈受宏

沈受宏（1645—1722），字台臣，号白漊，太仓（今属江苏苏州）人。少有才名，但屡试不第，从吴伟业学诗法，兼长诗文。有《白漊文集》。

## 衢州书事

尚书昔日驻旌旄，烽火危疆保障劳。[1]

已见降王归斧钺，徒闻战鬼逐弓刀。

山围四野寒云没，水拍孤城夜雨高。

回首可怜离乱处，至今闾井半蓬蒿。[2]

（《白漊集》卷四）

### 注　释

[1] 尚书：指李之芳，因平定耿精忠叛乱有功，以总督加尚书衔。旌旄：军中用以指挥的旗子。　[2] 闾井：闾里，居民聚居之处。

## 赏 析

本诗入选《清诗别裁集》，沈德潜评说："此咏李文襄事，神气完足，绝似梅村（吴伟业）。"李文襄即李之芳。康熙十二年（1673），李之芳总督浙江军务，康熙十三年至十五年（1674—1676），在衢州数次大败耿精忠。诗人歌功之外，也揭示出战争的残酷与惨烈，以及战后的荒芜之景，令人感慨万千。"山围四野"展现了四周被山峦环绕的广袤景象，而"寒云没"则通过"寒云"的描绘，营造出一种寒冷、阴沉的氛围，同时"没"字又暗示了这些寒云仿佛与天际相接，无边无际，更添苍茫之感。"水拍孤城"形象地描绘了水流冲击着孤独城市的情景，"夜雨高"则进一步强化了这种凄清的氛围。夜雨倾盆而下，仿佛也在为这座孤城和其中的人增添无尽的忧愁与悲凉。

# 查慎行

　　查慎行（1650—1727），初名嗣琏，字夏重，号查田，后改名慎行，字悔余，号他山，晚号初白老人，浙江海宁人。康熙四十二年（1703）以献诗赐进士出身，入直南书房，授翰林院编修，数次随驾巡游。雍正四年（1726）受弟嗣庭案株连，后从宽放归，旋卒。诗兼采唐宋，为"清初六家"之一，自朱彝尊卒后，为东南诗坛领袖。有《他山诗钞》《敬业堂诗集》等。查慎行早年游历南北，曾数过衢州，均留有诗篇，现存二十多首。

## 度仙霞关题天雨庵壁 [1]

虎啸猿啼万壑哀，北风吹雨过山来。

人从井底盘旋上，天向关门豁达开。[2]

地险昔曾资剧贼，时平谁敢说雄才。

一茶好领闲僧意，知是芒鞋到几回。

（《敬业堂诗集》卷二五）

## 注 释

[1]天雨庵：在仙霞关东北半山腰处。 [2]井底：查慎行自注："岭下有龙井。"

## 赏 析

　　查慎行的衢州诗作，大多贴近生活，如故老拉家常，娓娓动听，使人乐听而忘倦。本诗首联以虎啸猿啼和北风携雨的景象，描绘了一幅气势磅礴的自然图景，展现了沿途自然环境的恶劣。颔联形象地描绘了人们在险峻山路上艰难攀登的情景。最后则体现出作者对时代更易的感慨，含而不露。袁枚《论诗绝句》谓："他山书史腹便便，每到吟诗尽弃捐。一味白描神活现，画中谁似李龙眠？"可以当之无愧。

# 赵执信

赵执信（1662—1744），字伸符，号秋谷，晚号饴山，益都（今山东青州）人。康熙年间进士，后任右赞善兼翰林院检讨。因佟皇后丧葬期间观看《长生殿》戏剧，被劾革职。此后五十年不仕，徜徉林壑。著有《饴山堂集》《声调谱》等。康熙三十五年（1696）秋天，赵执信广游名山大川，来到衢州，留下数首诗作。

## 泊常山明日将山行

北客南来掷马鞭，渐于水宿得安便。[1]
忽逢楚越相参处，无数青山阻进船。
麋鹿定寻筇杖约，凫鹥犹傍柁楼眠。[2]
此身牢落如秋色，不择江风与岭烟。[3]

（《饴山集》诗集卷七）

## 注　释

[1]渐于：渐次。　[2]凫鹥：凫和鹥，泛指水鸟。柁楼：船上操舵之室。
[3]牢落：犹寥落。零落荒芜，孤寂、无聊。

## 赏　析

　　从少年学者和政坛新秀的光环中跌落凡尘，赵执信只用了一出戏、一杯酒。从此政坛少了一位冉冉升起的明星，世间多了一位纵游天下的诗人。本诗开篇用"掷马鞭"的动作，表明他的果决豪迈。在吴楚交界之地的常山，诗人将面对新的挑战，无数青山相阻，即是此意。接下来的"麋鹿定寻筇杖约，凫鹥犹傍柁楼眠"，是承前启后，也喻示着他人生的志向，是在宁静的山野。尾联"此身牢落如秋色，不择江风与岭烟"，表明他无论身处何种境地，即使零落无依，也都能安然处之，展现了诗人的豁达和坚韧的性格。这首诗语言清新自然，感情真挚，在结构、节奏和意象的运用上也有独特之处，融进了他"诗中要有人在，诗之外尚有事在"的创作理念。

# 陈鹏年

陈鹏年（1663—1723），字北溟，号沧洲，湖南湘潭人。康熙三十年（1691）进士，授浙江西安（今衢州市区）知县。到任后即丈量土地，整顿税制，务使税出于田，田归于民，百姓安居。后累官至河道总督。为官以廉能著称。有《沧洲诗集》。

## 浮石即事[1]

江郭春残雨乍晴，恰乘微雨看春耕。
孤村响送樵风暖，十里青翻麦浪平。
到处穷檐闻疾苦，隔年傲吏减逢迎。
香山遗迹停轩处，揽辔真惭瀫水清。[2]

（《陈恪勤集·浮石集》卷二）

## 注　释

[1]浮石：衢江中礁石，常露出江面，故名。　[2]香山遗迹：白居易，号香山居士，有"浮石潭边停五马"诗句，唐代浮石潭边建有浮石亭。

### 赏　析

　　陈鹏年这首诗，通过描绘春日雨后衢州近郊浮石一带的景象，展现了诗人对民生疾苦的关切与自我反思的情怀。暮春雨后初晴，诗人恰好趁着细雨绵绵之际，观察农人春耕的田园风光。樵风送暖，麦浪翻青，展现了一片丰收的景象。颈联笔锋一转，由对自然景色的描绘转向了对社会现实的关注。诗人深刻感受到百姓生活的疾苦与艰难、社会风气的转变与吏治的改善。最后由香山遗迹想到白居易一生以诗为武器，关注民生疾苦，为百姓发声。而作为一县的父母官，诗人望着清澈的瀫水，发誓要以"清慎勤"来勉励自己。

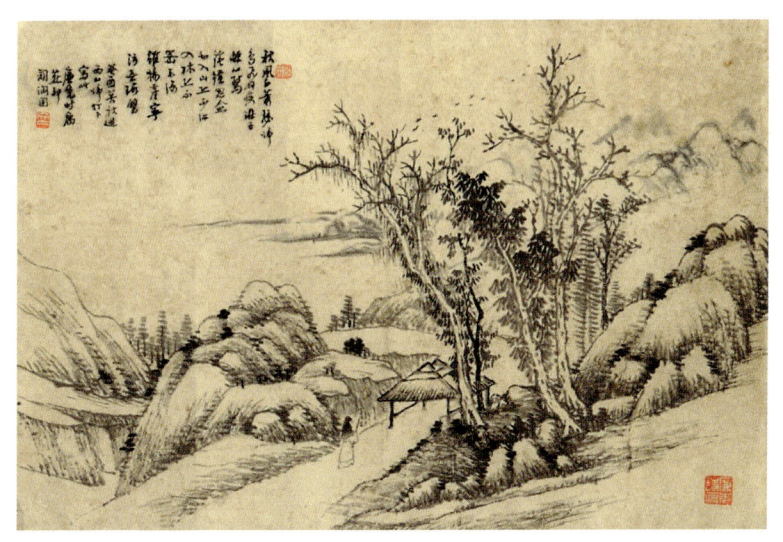

祝文白　溪山图

# 陈至言

陈至言，生卒年不详，字山堂，一字青崖，萧山（今属浙江杭州）人。早有文名。康熙年间进士，官翰林院编修。有《菀青集》。陈至言与衢州知府董士超为至交，曾寄寓于董士超府邸。在衢州写下《感怀诗》《迎春词》《夜过姑蔑战场忆李邺园大司马》等数十首诗词。

## 月夜登姑蔑城楼[1]

晓月寒江照太清，飞楼天半跨蓬瀛。[2]

无边驿树重重影，不断秋云片片明。

玉垒遥看平野阔，银川低接远山横。

登临极目龙丘远，多少关河一望平。

（《菀青集》）

### 注　释

[1]姑蔑：古国名，秦时属太末，包括浙江中西部腹地，今衢州部分也属姑蔑之地，后常以姑蔑代指衢州。　[2]太清：天空。蓬瀛：蓬莱和瀛洲。神山名，相传为仙人所居之处。亦泛指仙境。

清　禹之鼎　月波吹笛图

## 赏　析

　　本诗通过丰富的意象和细腻的描绘，展现了诗人在月夜时分登上姑蔑城楼的所见所感。谁能站在衢州的城楼，看到一个诗意的世界？晓月、寒江、飞楼、蓬瀛，玉垒、银川、平野、远山，有清冷孤寂的静美，又有超脱世俗的仙逸；有无边的驿树透出淡淡的伤愁，有片片清亮的秋云荷载着些许的温馨。诗人用空间上的对比，或低或高，或近或远，使得整个画面层次分明，具有强烈的立体感；又用色彩上的相互映衬，使得整个画面更加和谐。诗人这种动静结合、虚实相生的表现手法，整首诗充满了令人回味的诗意的魅力。

# 桑调元

　　桑调元（1695—1771），字伊佐，一字弢甫，号五岳诗人，钱塘（今浙江杭州）人。雍正十一年（1733）进士，授工部屯田司主事。诗文排奡纵横，才锋踔厉。著有《弢甫集》等。桑调元一生多次游历衢州，他的诗集中有二十余首带有衢州元素的诗歌。

## 龙　游

　　龙丘峰色翠蜿蜒，秋树青黄接远天。
　　山米长腰炊玉软，江鱼穿背斫银鲜。[1]
　　客情冷过衔芦雁，人梦飞随下濑船。
　　今日晓沦停步月，明朝寒破上杭烟。[2]

（《桑调元集·弢甫五岳集·衡山集》卷一）

## 注　释

[1] 山米长腰：即长腰米，一种上等好米，宋时即有记录。　[2] 停步：桑调元原注："驿名。"即亭步驿，在龙游城边。上杭：即上航驿，在衢州城边。

## 赏 析

  泛舟龙游,对于诗人桑调元来说,早已轻车熟路。远处,龙丘山脉蜿蜒,远树接天;长腰米香甜,江鱼鲜美。美景和美食,构成了龙游的基色。继而诗人表达了离愁别绪,借雁和船的意象,传达出对故乡的思念和孤独感。尾联则展现了时间的流逝与不确定性,今天破晓之时还在亭步驿,明天就来到了上航驿,透露出一丝对人生变幻的感慨。

明　董其昌　小景八幅(局部)

# 黄图珌

黄图珌（1700—1771后），字容之，号守真子、蕉窗居士，华亭（今上海松江）人。清代剧作家、诗人。雍正、乾隆时先后任杭州府、衢州府同知。衢州同知府治在江山峡口，黄图珌在峡口十年，是历代宦衢官员中留存相关作品最多的官员之一。有《看山阁集》。

## 雪后仙霞道中笔

雪后出门去，一望眼倍明。

东风寒未解，清境凝光精。

遥瞻仙霞岭，巍然独抱贞。

精灵耀四外，白发垂千茎。

自是无寒暑，安知有甲庚。

闲心与日远，正气由天成。

千秋守高节，万古成大名。

叹赏犹不足，幽怀几欲倾。

相看渐欲近，一径向山行。

才入竹木里，举头瞥面迎。

俯视何盘曲，仰观更峥嵘。

寒林飕飕动，饥禽咄咄鸣。

此外无余响，唯闻泉落声。

欲前忽闭路，一片白云生。

（《看山阁集》古体诗卷七）

## 赏　析

  在文学创作上，黄图珌强调"画工"与"化工"的区别，崇尚自然、率真、流畅的诗歌美学。这首诗描绘了诗人雪后出行的景象，展现了大自然的宁静与美丽，通篇没有华丽的辞藻和夸张的手法，只用朴素的语言、白描的笔法，把我们带向一个令人心静神怡的世界。这个世界与诗人内心的世界高度重合，这巍然独立的世界，有闲心，有正气，有幽怀，有高节，有着不露斧凿之痕的艺术韵味。诗人通过描绘在竹木间行走时的细致体验，由"俯视何盘曲，仰观更峥嵘"展现山路的曲折与高峰的巍峨，由"寒林""饥禽""泉落声"等冬日森林中的动静对比，营造出一种静谧而又生动的氛围。结尾则给人以诗意的遐想，白云的出现仿佛遮住了去路，带来一种神秘与无常的感觉。

# 曹锡珪

曹锡珪（约1709—约1743），原名椿龄，后改名锡珪，字采蘩，号半泾女史，松江府上海县（今上海）人。清代兵科给事中曹一士、才女陆凤池长女，叶承妻。今传有《拂珠楼偶抄》二卷。雍正时叶承任常山县令，曹锡珪多有与衢州相关的诗流传。女性诗歌衢州长期缺失，曹锡珪的到来，使衢州的女性诗歌也散发出熠熠光辉。

## 定阳春夜书怀

萧条孤馆一灯红，百感都来此夜中。

千里归期三月雨，半生心事五更风。

吴山花柳他乡梦，越水波涛远客衷。

囊橐已空春又去，不堪搔首问苍穹。[1]

（光绪《常山县志》）

### 注　释

[1] 囊橐（tuó）：袋子。

## 赏 析

孤寂的旅舍，只有一盏灯发出微弱的红光。诗人心中的各种情感纷至沓来，无法平静。"千里归期"可能指的是诗人离家千里，归期遥遥；"三月雨"可能象征着春天的希望和生机，但在这里却成了归期遥远和不确定的象征。"半生心事""五更风"，暗示了诗人在夜深人静时孤独和沉思，而"他乡梦"和"远客衷"写的是诗人作为异乡客对故乡的无限眷恋。眼看"囊橐已空春又去"，诗人只能发出"不堪搔首问苍穹"的无奈感叹。曹锡珪通过"三月雨""五更风""吴山花柳""越水波涛"等意象的组合，把身处异乡时强烈的孤独感，对家乡山水念念不忘的归属感，以及暂时无法实现归乡愿望时的无力感，艺术地表达了出来。叶承评论她的诗歌是"情深而义挚，一扫闺阁绮习"，并称其为"女中人杰"。

# 袁　枚

　　袁枚（1716—1798），字子才，号简斋，晚号随园老人，钱塘（今浙江杭州）人，祖籍慈溪（今属浙江）。乾隆四年（1739）进士，授翰林院庶吉士。后知溧水、江浦、沭阳、江宁等县。袁枚诗主性灵，为当时所宗。有《小仓山房集》《随园诗话》《子不语》等。袁枚少年与老年时均到过衢州，留有《仙霞岭》诸诗。其《子不语》中，收录有三则衢州故事，亦曾为申甫的《笏山诗集》作序。

## 坐萝艻船到西安[1]

萝艻船轻似鸟翔，唤来小坐趁朝阳。

水深五尺碧于玉，橘满千林红映霜。

篙打乱滩双耳闹，碓舂空屋一轮忙。

蒙蒙篷底炊烟起，疑是溪云堕满舱。

（《袁枚全集新编·小仓山房诗集》卷三一）

清　王素　前溪水流图　现藏衢州市博物馆

## 注　释

[1]萝艻船：或是鸬鸟船。一种船身窄长的小船。

## 赏　析

  本诗或是乾隆五十一年（1786）袁枚武夷之游后返回老家经过常山时所作。袁枚是对自然美有着敏锐感知力和观察力的诗人，他趁着朝阳，顺流而下，看见沿途碧玉清澄的深水与红霞相映的橘林，这是静态之美。"篙打乱滩双耳闹，碓舂空屋一轮忙"则是动态之美，不但是动态，还给人一种音韵和节奏上的美感。最后通过"疑是溪云堕满舱"的比喻，将炊烟比作溪云，形象地描绘了炊烟的轻盈和飘渺，这种顿悟般的想象力，给了全诗一个浪漫的结尾。

# 蒋士铨

蒋士铨(1725—1785),字心余,一字苕生,号藏园,江西铅山人。乾隆二十二年(1757)进士,官翰林院编修。后主讲绍兴蕺山、扬州安定书院,晚年归居南昌。蒋士铨与汪轫、杨垕、赵由仪并称"江西四才子",与袁枚、赵翼合称"江右三大家"。有《忠雅堂诗集》《藏园九种曲》等。

## 过衢州二首

朝京埠下水溅溅,日午浮桥放客船。[1]
绝似黄牛洲畔路,第三村子踏青天。[2]

双手掺掺打桨忙,阿侬家世本金阊。[3]
十三嫁到江山去,怪底吴娘是越娘。[4]

(《忠雅堂诗集》)

## 注　释

[1]朝京埠：即水亭门码头，在今衢州市柯城区。溅溅：水急速流动的样子。　[2]黄牛洲：在南昌，现已消失。相传许真君逐蛟于此，化为黄牛，故名"黄牛洲"。第三村：当是蒋士铨家乡的村名。蒋士铨诗文中多次提及。　[3]掺掺：指女子的手纤细美貌。金阊：苏州有金门、阊门两城门，代指苏州。　[4]怪底：亦作"怪得"，难怪。

## 赏　析

　　衢州之美，需要对比。蒋士铨经过衢州朝京埠时，看到船只在水中行驶时激起的浪花，客人们乘船游览的愉快场景，惊诧于眼前风光怎么跟家乡黄牛洲和第三村如此相像。诗人用了"绝似"二字，可见他心底的认同。这种对比不仅增强了景物的可感性，也让读者体会到诗人对故乡的深厚情感。蒋士铨用衢州的美，来讴歌他自己家乡的美，同时再次衬托出衢州的美。这种双向奔赴的叠加，让读者生出双倍的向往。第二首诗首先描绘了水乡生活的细节，船夫打桨的情景让人感受到生活的真实与温馨，然后借一个船娘的身世，形象地反映出因为水路通便，衢州与外地交流频繁，有"吴娘是越娘"这样的社会现象。

# 朱 珪

朱珪（1731—1807），字石君，号南崖（一作南厓），晚号盘陀老人，顺天大兴（今属北京）人。乾隆十三年（1748）进士。通经学，与其兄朱筠，时称"二朱"。历任两广总督、户部尚书，官至体仁阁大学士，加太子太保、太子太傅，卒谥文正。有《知足斋集》。朱珪多次逗留于衢，在衢州写下二十多首诗歌。

## 谒夫子家庙示孔氏诸生用前移居二首韵 [1]

建炎昔南辕，阙里此分宅。[2]

天轮转阳光，岂异景朝夕。

我来拜遗像，抠衣屏驺役。[3]

俨然五岳真，亓官对几席。[4]

平生疑檀弓，传闻异在昔。[5]

先师人伦至，辨伪兹更析。

奠楹宗万古，过庭传礼诗。

翩翩青衿子，不学焉用之。[6]

汉传逮唐疏，宋义可研思。[7]

收族葛根庇,勤业蛾术时。[8]
十室有忠信,六籍况在兹。[9]
荒嬉竟无益,吾敢童角欺。

(《知足斋集》诗集卷七)

## 注 释

[1]夫子家庙:即南宗孔庙。乾隆四十九年至五十四年(1784—1789),朱珪多次逗留衢州,其间拜谒了南宗孔庙,并以陶渊明《移居》诗韵,作诗赠给南宗孔门学子。之前,朱珪暂寓于衢州崔氏园,已用《移居》韵作诗多首。　[2]"建炎"句:建炎三年(1129),衍圣公孔端友扈驾南渡,赐居衢州,世称孔氏南宗。阙里:孔子故里。在今山东曲阜城内阙里街。因有两石阙,故名。　[3]驺役:马夫仆从,泛指下人。　[4]朱珪自注:"楷木二真像犹留传,周时所雕也。"孔端友南渡时携孔子和亓官夫人楷木像来衢,传像为子贡所刻。　[5]檀弓:指《礼记·檀弓》篇。　[6]青衿子:学子。　[7]汉传、唐疏:指汉代和唐代对儒家经籍进行的注释和疏解。宋义:指宋代程颢、程颐、朱熹、周敦颐等大儒对儒家经典的进一步阐释。　[8]收族:团结、维护、管理家族。葛根庇:《左传》称"葛藟犹能庇其本根",此处指庇护家族。蛾术:比喻勤奋学习。语出《礼记·学记》:"蛾子时术之。"　[9]"十室"句:语出《论语·公冶长》:"子曰:'十室之邑,必有忠信如丘者焉,不如丘之好学也。'"六籍:六经。六经是中国古代儒家文化的核心经典,包括《诗》《书》《礼》《易》《乐》和《春秋》。

## 注　释

　　朱珪这首诗承载着深厚的儒家思想和丰富的历史文化信息，具有浓郁的德化教育意义。诗中运用大量历史典故，叙述了孔氏南宗一脉随驾南渡至衢州安家，以及肃拜楷木圣像等历史。诗人以一个长者的身份告诫年轻的衢州学子们，学习经典要有辨析疑难的勇气和能力。希望他们从经典的学习中，做个忠信的人，千万不要因为嬉乐荒废了学业。全篇由咏述孔氏南宗历史，到劝导地方学子用功，循循善诱，读来令人如沐春风。

唐　吴道子　先师孔子行教像

# 赵文楷

赵文楷（1761—1808），字逸书，号介山，安徽太湖人。嘉庆元年（1796）状元，任翰林院修撰。有《石柏山房诗存》。曾于嘉庆五年（1800）出使琉球，途经衢州。

## 宿樟树潭二首 [1]

白板门前泊钓船，碧油滑笏着轻烟。[2]
沙堤十里蒙蒙雨，恰似江南二月天。

夹岸梅花映水滨，白茫茫间碧粼粼。
分明一夜漫天雪，化作江南万树春。

（《石柏山房诗存》卷三）

注 释

[1]樟树潭：在今衢州市衢江区，为古渡口。　[2]碧油：绿水。滑笏：指动荡不定的水波。

## 赏 析

嘉庆初年，琉球国新王继位，按惯例，琉球国王即位必须经大清皇帝册封。嘉庆四年（1799），经殿议选定赵文楷为大清正使，赐上卿鳞蟒服、白玉带，领圣旨前往琉球国。诗人途经衢州，河岸烟雨蒙蒙，没有了北方冬季的严寒，反而似江南二月春景。加上梅花盛开，如同漫天飞雪，煞是美丽。唐代诗人岑参以梨花喻雪说："忽如一夜春风来，千树万树梨花开。"诗人此处反其道以雪喻花："分明一夜漫天雪，化作江南万树春。"也暗指清朝册封琉球新王，皇恩浩荡，如同春风复苏万物般，同时表明了诗人不辱使命的决心。今在衢州市樟树潭沿江公园内有赵文楷诗碑，以纪念当年这段其受命册封琉球国经过衢州的历史。

# 吴荣光

吴荣光（1773—1843），字伯荣，号荷屋，晚号石云山人，南海（今属广东佛山）人。嘉庆四年（1799）进士，历任编修、御史等。道光年间官湖南巡抚兼署湖广总督，后因事被降职为福建布政使。工书画，精金石。著有《帖镜》《石云山人集》等。吴荣光七泛衢江，三度仙霞，在衢州留下十多首或优美或壮丽的诗作。

## 衢　州

卅年七度瀫溪湄，溪水滔滔最系思。[1]
终古寒云姑蔑墓，三冬晴日圣人祠。[2]
路催岁月蹉跎老，客历关津荏苒知。
今夕烂柯山下过，何人留恋看残棋。

（《石云山房诗集》诗集卷一五）

### 注　释

[1]瀫溪：即衢江。　[2]姑蔑墓：据《大明一统志》载："东华山，在龙游县东二里，下有姑蔑子墓。"圣人祠：指南宗孔氏家庙。

## 赏 析

诗人曾多次往返衢州,在衢州留下许多足迹。开篇即说明了最怀念瀫水景色,以及姑蔑冢、南宗孔庙等处。诗人对衢州名胜十分熟悉,信手拈来化入诗中,用诗歌表达时光飞逝、年华蹉跎,感叹四处宦游的漂泊人生。结句用烂柯山中看棋的典故,表明了诗人对逍遥林泉生活的向往。

明　邹之麟　山水(局部)

# 汤贻汾

汤贻汾（1778—1853），字若仪，晚号粥翁、琴隐道人，江苏武进（今属常州）人。以祖荫袭云骑尉，擢浙江抚标中军参将、乐清协副将。侨寓南京，筑琴隐园。工诗词，精音律。太平军破南京时，投水死。著有《琴隐园诗集》《画筌析览》等。道光五年（1825）任衢州镇左营游击，署镇常山近五年。因爱龙山石室，取名为"琴隐"。《琴隐园诗集》中收录衢州相关诗歌八十余首。

## 北禅寺看花 [1]

三岁居定阳，不知北禅寺。

但见郁嵯峨，千峰排古翠。

非有看花缘，几负幽栖地。

何时天女来，芳菲散庭砌。

密叶护幽禽，余春恋残蒂。

一枝尚可携，且避幡风细。

导游得双蝶，浓绿侵衣带。

空谷无人声，一樵有仙意。

桂子落吟肩，松花吹鹤背。

古墓拜忠魂，南渡僧犹记。

大节高于山，低徊感兴替。[2]

落日去篮舆，新诗留佛界。

莫笑看花人，空弹千古泪。

花落树长存，人去名谁在。

(《琴隐园诗集》卷一七)

## 注 释

[1]北禅寺：又名护国寺，位于今常山县紫港街道外港村。唐大历年间建，后毁。南宋时重建，并捐置僧田。 [2]汤贻汾自注："宋节度徐幸隆死兀术之难，葬于此寺后山。"

## 赏 析

汤贻汾宦居常山期间，留恋壮美奇峭的山河，军务之暇即临水登山，歌咏吟啸。本诗是他即景感怀之作。汤贻汾用通晓流畅的词句，从常见的景物出发，虽无修饰丽藻，字里行间却处处透着感悟和深情。春余蒂残，禽幽叶浓，桂子松花，乃至古墓忠魂，都让他徘徊不去，思绪万千。看花人看的是花，"花落树长存"，他又何尝不是在看一个兴亡交替的世界呢？

# 徐 荣

徐荣（1792—1855），原名鉴，字铁孙，汉军正黄旗人，驻防广州。阮元开学海堂于广州，试十台诗，徐荣夺冠，人称"徐十台"。道光十六年（1836）进士，历官临安知县、绍兴知府，崇祀浙江名宦祠。与太平军交战阵亡，追赐世袭骑都尉，诰授通议大夫，晋封奉政大夫。有《怀古田舍诗钞》等。宦浙之时，多往来衢州，在衢州留下不少诗作。

## 池淮道中 [1]

高转杉梯下蓼湾，急行那计路间关。[2]

东流江水无朝暮，未散峰云见往还。

雀喜趁人收早稻，牛闲出屋看秋山。

屡丰但使民安堵，何虑西邻外侮顽。[3]

（《怀古田舍诗节钞》卷六）

### 注 释

[1] 池淮：今衢州市开化县池淮镇。　[2] 间关：形容道路崎岖。
[3] 西邻外侮：指晚清面对西方列强的侵略和压迫。

## 赏　析

  自咸丰四年（1854），徐荣奉檄布防于开化至徽州一线，战情紧急，军务倥偬，来不及欣赏衢州的大好河山。池淮虽只是他军旅生涯中匆匆而过的一站，但池淮乡村宁静和美的风光仍牢牢吸引了诗人的目光。流水朝朝暮暮，峰峦云舒云聚的河山间，有着动人的乡间景象，"雀喜趁人收早稻，牛闲出屋看秋山"，描绘了农家安静祥和的生活图景。诗人不停留于眼下美景，而是忧虑国家命运，结句以"屡丰但使民安堵，何虑西邻外侮顽"的呼吁，表明若是民富国强，西方列强又怎敢随意欺辱？可见诗人心中深藏的爱国之情。

# 黄爵滋

黄爵滋（1793—1853），字德成，号树斋，江西宜黄人。道光三年（1823）进士，授编修，迁御史，官至刑部右侍郎。清代积极倡导禁烟的先驱者之一，与林则徐、关天培号为"三忠"。诗作丰富，尤擅五古，典雅淳厚，格调高昂。有《仙屏书屋诗录》等。

## 衢州舟次除夕

鼓棹下太末，明流动春暄。[1]

汀绿苏草意，岸青蒙柳痕。

兹游爱烟景，矧值朋好敦。[2]

共酣风波梦，复饱烟霞餐。

奇气逼金剑，壮思翻银澜。

入暮四天合，犹挂临水轩。

江船绚明烛，不知烟树昏。

高谈无俗侣，环坐如诸昆。[3]

且结忘形契，一醉迎年尊。

（《仙屏书屋初集》诗录一）

## 注 释

[1]棹：船桨。　[2]矧：况且。　[3]诸昆：诸兄，泛指兄弟。

## 赏 析

古代漂泊在衢州度过除夕的外地诗人不少，有"愁忆家山听雨眠"的尹廷高，有"岁暮感山川"的尹台，有"客路行无尽，终天恨转深"的徐熥，无一例外皆是愁时怀乡之辞。而本篇诗人黄爵滋是以浪漫的情怀，与好友们一起在江船上燃起明烛，举起酒杯，迎接新年的到来。在诗人眼里，流水是明亮的，春是喧闹的，汀是绿的，岸是青的。野草死而复生，杨柳也带着萌芽的迹象。况且还有"共酬风波梦"、心灵契合的朋友，一起庆祝，一起欢乐，一起憧憬。诗人满含热情，没有客居他乡辞岁迎春的孤独惆怅，反而显出热闹非凡的景象，描绘了其乐融融的除夕节日场景。

# 徐继畬

徐继畬（1795—1873），字健男，号松龛、牧田，山西五台人。道光六年（1826）进士，历任闽浙总督、总理衙门大臣，近代开眼看世界的先驱之一。有《瀛环志略》《退密斋诗文集》等。

## 三江竹枝词（其一）

溯流西上是长山，南望仙霞耸髻环。[1]

衢州城外双流合，江山船在绿杨湾。

（《松龛先生诗集》卷上）

### 注　释

[1]长山：即常山，又名长山、湖山。

### 赏　析

诗人共作同名诗三首，本诗为其中之一。本诗以晓畅的语句、生动的比喻，描绘了衢州的山河形势。诗人用高耸的发髻来形容仙霞岭，又顺势点出了常山港、江山港两条河流在衢州城外汇合收束。"江山船"写出了江河航运的繁忙，体现了三江地区水路交通的重要性。

# 林寿图

　　林寿图（约 1809—约 1885），字颖叔，别署黄鹄山人，福建闽县（今闽侯）人。道光二十五年（1845）进士，历官山东道监察御史、顺天府尹、陕西布政使。晚年主讲钟山、鳌峰、致用诸书院。工诗，富藏书。林寿图无论赶考还是归乡皆过衢州，留下相关诗作近二十首。有《黄鹄山人诗抄》。

## 峡　口[1]

路过古虹寺，疏钟烟际闻。[2]

客忙争落日，僧懒卧闲云。

石壁垂蜗篆，山田付鸟耘。[3]

肩夫指峡树，暮色挂纷纷。

（《黄鹄山人诗初抄》卷二）

## 注　释

[1]峡口：位于今江山市西南，是浙闽古道上的重要站点。清代衢州同知府亦设于此。　[2]古虹寺：位于今江山市峡口镇峡北村旧街，始建于宋淳熙年间。　[3]鸟耘：传说舜耕历山，群鸟为之耕耘。

清 龚贤 江村图（局部）

## 赏 析

诗人写出行旅途中，路过峡口时所见到的山川宁静之景。烟际闻疏钟，客争落日，僧卧闲云。一个"争"字形象地写出为生活奔波的旅客在日落时分匆忙赶路的情景，与后面的"僧懒卧闲云"形成了对比。正当诗人悠然欣赏着峡口风光的时候，肩夫出现了。他打破了短暂的宁静与和谐，指着峡谷中暮色苍苍的远树，说那里是明天要行进的路途。此篇颇有唐代田园诗歌的韵味。

# 左宗棠

左宗棠（1812—1885），字季高，湖南湘阴人。道光十二年（1832）中举人，后屡试不第。任湖南巡抚骆秉章幕僚，参赞戎机，与太平军作战。由曾国藩荐，以四品京堂襄办军务。历官浙江巡抚、闽浙总督、陕甘总督。光绪元年（1875），奉命督办新疆军务，讨伐阿古柏，阻止了外国对新疆的侵略。调两江总督，后病殁于福州。谥文襄。有《左文襄公全集》。

## 壬戌九日军次龙丘作[1]

万山秋气赴重阳，破屋颓垣辟战场。

尘劫难消三户憾，高歌聊发少年狂。[2]

五更画角声催晓，一夜西风鬓欲霜。

笑语黄花吾负汝，荒畦数朵为谁忙。

（《左宗棠全集·诗集》）

### 注　释

[1] 壬戌：即同治元年，1862年。　[2] 三户：据《史记·项羽本纪》，秦灭六国后，楚地流传"楚虽三户，亡秦必楚"的说法。

## 赏 析

　　同治元年，左宗棠率部进驻衢州，并在此地与太平军展开了激烈的战斗，收复了龙游县城。重阳节时，诗人在龙游军营中写下了这首充满深沉情感与历史沧桑感的诗。万山秋色，本是重阳佳节的美好背景，但诗人笔锋一转，将"镜头"对准了破旧的房屋和坍塌的墙壁。这些废墟承载着无尽的过往与沧桑，述说对灾难的深刻记忆与无法释怀的情感。画角声在五更天响起，催促着黎明的到来，而一夜西风吹拂，使得诗人的鬓发似乎都染上了白霜。最后两句，诗人感叹自己辜负了黄花的期待。整首诗显示出诗人对时局和岁月的深深叹息。

清　陆恢　秋山晚翠图（局部）

# 郭嵩焘

郭嵩焘（1818—1891），字伯琛，号筠仙，湖南湘阴人。道光二十七年（1847）进士，咸丰初随曾国藩出办团练。同治间任广东巡抚，光绪初任兵部左侍郎，充驻英公使，兼使法国，奉使三年，以病辞归。主讲城南书院，主张学习西方科学技术，兴办铁路，开办矿产，整顿内务，以立富强之基。对外交涉时，能援国际公法，与外人据理直争，而不尚意气。时人不明外情，多指为媚外，遭到顽固守旧派的猛烈攻击。有《养知书屋遗集》等。

## 衢州夜雨

西北浮云东去长，孤城四月雨浪浪。

高穹黯淡平陂白，夏麦漂流春草黄。[1]

半夜风涛沉鼓角，扁舟江浦梦潇湘。

干戈愁疾俱难遣，酒醒三更泪数行。

（《郭嵩焘诗集》卷二）

## 注　释

[1] 高穹：苍天。平陂：平地与倾斜不平之地。

## 赏 析

在晚清风雨飘摇的政治局势下，诗人奉曾国藩令前往浙江筹措军费，却无功而返，羁宿于衢州江上，故有此作。开篇即以遮天蔽日的浮云起笔，以沉郁的笔调展开惨淡的一幕，勾勒出一幅宁静而忧郁的夜晚图景，展现了衢州城的孤寂与夜雨的连绵。黯淡的天穹下，平地上的积水映出白光，夏麦随雨水漂流，春草在雨中显得格外嫩黄。夜半时分的风雨声和远处的鼓角声传来，让人感觉格外不安。从浮云、孤城、高穹、麦漂、草黄，到风涛、鼓角、惊梦，意象层层递进，情绪步步紧逼，写尽一位投笔从戎、以忠贞爱国为至高理念的文人的苦闷无奈，以至愁困堕泪的情感历程，读来使人感同身受。诗人难以安放的家国情怀在衢江的夜雨里被彻底烧灼，化作雨泪与疼痛交织的诗歌。

# 参考文献

B

《白居易诗集校注》，中华书局 2006 年版
《白溇集》，清康熙刻增修本
《北山小集》，台湾商务印书馆影印文渊阁四库全书本

C

《才调集》，中华书局 2014 年版
《草窗词集》，清乾隆至道光知不足斋丛书本
《茶山集》，清乾隆武英殿聚珍版丛书本
《禅月集校注》，巴蜀书社 2012 年版
《陈恪勤集》，岳麓书社 2013 年版
《陈与义集》，中华书局 2007 年版
《翠屏集》，广陵书社 2016 年版

D

《戴复古诗集》，浙江古籍出版社 2012 年版
《东江家藏集》，明嘉靖刻本
《都御史陈虞山先生集》，明刻本

G

光绪《常山县志》，清光绪刊本

光绪《衢州府志》，清光绪八年重刊本
《郭嵩焘诗集》，岳麓书社2012年版

## H

《韩襄毅集》，明蓟溪草堂刻本
《后村居士集》，宋刻本
《怀古田舍诗节钞》，清同治刻本
《黄鹄山人诗初抄》，清光绪刻本

## J

《剑南诗稿》，明汲古阁刻本
《江令君集》，明末刻七十二家集本
《蒋捷词校注》，中华书局2010年版
《敬业堂诗集》，中华书局2017年版
《矩洲诗集》，明嘉靖刻本

## K

《看山阁集》，清乾隆刻本
康熙《龙游县志》，清康熙刻本
康熙《衢州府志》，清康熙修光绪刊本

## L

《烂柯山志》，清光绪刻本
《李清照集校注》，中华书局2020年版
《李渔全集》，浙江古籍出版社2014年版

《陵阳集》，清宣统刻本

《刘伯温集》，浙江古籍出版社 2011 年版

《刘禹锡集》，中华书局 1990 年版

《罗隐集校注》，浙江古籍出版社 2011 年版

M

《毛滂集》，浙江古籍出版社 2012 年版

《孟郊集校注》，浙江古籍出版社 2012 年版

民国《龙游县志》，民国十四年铅印本

《明诗综》，中华书局 2007 年版

P

《佩韦斋文集》，台湾商务印书馆影印文渊阁四库全书本

《平庵悔稿》，清嘉庆宛委别藏本

Q

《琴隐园诗集》，清同治刻本

《青岩集》，清康熙白华堂刻本

《秋堂集》，民国九年刊本

《全宋词》，中华书局 1965 年版

《全唐诗》，中华书局 1960 年版

《全粤诗》，岭南美术出版社 2008、2009 年版

S

《桑调元集》，浙江古籍出版社 2016 年版

《石柏山房诗存》，清咸丰刻本

《实斋咏梅集》，清乾隆刊本

《松龛先生诗集》，清光绪刊本

《宋诗纪事》，浙江古籍出版社2019年版

## T

《唐五代诗全编》，上海古籍出版社2024年版

《陶庵集》，清光绪刻知服斋丛书本

天启《衢州府志》，明天启刊本

《童子鸣集》，明万历刻本

《屠隆集》，浙江古籍出版社2012年版

## W

万历《常山县志》，明万历刻清顺治递修本

《王安石诗笺注》，中华书局2021年版

《王季重集》，明崇祯刻本

《王文成公全书》，中华书局2015年版

《王恽全集汇校》，中华书局2013年版

《苇碧轩集》，明汲古阁景宋本

《文恭集》，清乾隆武英殿聚珍版丛书本

《吴师道集》，浙江古籍出版社2012年版

## X

《西河文集》，清康熙刻本

《西堂集》，清康熙刻本

《仙屏书屋初集》，清道光泥活字本
《辛弃疾集编年笺注》，中华书局2015年版
《徐文长三集》，明万历刊本
《学余集》，清康熙刻本

## Y

《雁门集》，清嘉庆刻本
《杨万里集笺注》，中华书局2007年版
《野谷诗稿》，清钞本
《一斋诗集》，明万历刻一斋集本
《饴山集》，清乾隆刻本
《酉阳山人编蓬后集》，明万历间刻清乾隆重修本
《袁枚全集新编》，浙江古籍出版社2015年版
《元诗选初集》，中华书局1987年版
《元诗选二集》，中华书局1987年版
《元诗选三集》，中华书局1987年版
《菀青集》，清康熙芝泉堂刻本

## Z

《章泉稿》，清乾隆武英殿聚珍版丛书本
《赵清献公文集》，明嘉靖刻本
《知稼翁集》，明天启刻本
《知足斋集》，清嘉庆刻本
《忠雅堂诗集》，续修四库全书本

《忠正德集》，清道光刻本

《朱熹集》，四川教育出版社 1996 年版

《左宗棠全集》，岳麓书社 2009 年版

# 后　记

2024年6月，中共浙江省委宣传部统一策划组织编纂"诗话浙江"丛书，中共衢州市委宣传部具体落实"衢州卷"，并把这个任务交给了由陈定謇、刘国庆、黄菁华三人组成的编写小组。陈定謇和刘国庆素存怀古思幽、抚今志道之心，长期关注衢州文史和古典诗词，在中共衢州市委宣传部组织编写的"话说衢州"丛书中分别担任《一曲诗词话衢州》和《一代名人话衢州》分册的主编。而后又合作编写了《信安湖诗选》《诗路衢江》等书。黄菁华是一位农民诗人和本土古典诗词爱好者，阅读了大量别集，大海捞针般摘抄整理了与衢州相关两三千名诗人的资料，涉及诗词上万首。

接下任务后，三人在之前翻阅唐宋元明清诗词的基础上，又披沙拣金，从中筛选出一两百首代表性作品。盛暑的七八月间，编写小组根据本丛书的统一体例、诗词目录，参考诗人年谱、诗话故事、诗风鉴赏等上百部著述，分别撰写人物简介、注释和赏析。衢州现藏古代绘画适配诗词文稿的极少，需多方搜集才能找到所需图片。编撰之一的陈定謇正在编纂《三衢诗话》，刘国庆同时在编纂《衢州佛教史》，黄菁华一边打工一边撰稿，却都能集中精力，不辞辛劳，不畏酷暑，终于在八月底前完成了本卷初稿。

在本书付梓之际，感谢中共浙江省委宣传部精心策划，多次组织丛书专家指导、把关,并到衢州开展座谈会传经送宝。感谢中共衢州市委宣传部和出版处各级领导的支持和指导,并多次组织各市县区相关部门领导和专业人员对选诗和文稿进行讨论。初稿完成后编写小组博采众议,又调整诗词四五十首。感谢浙江省博物馆、衢州市博物馆提供的馆藏图片,全市诗词爱好者的建言献策。感谢浙江古籍出版社认真负责的前期介入、后期把关,使本书顺利出版。

本册编写组

2024 年 11 月

图书在版编目（CIP）数据

天路透三衢：衢州 / 丛书编写组编 . -- 杭州：浙江古籍出版社，2024. 11. --（诗话浙江）. -- ISBN 978-7-5540-3193-3

Ⅰ. I222.72

中国国家版本馆 CIP 数据核字第 20242GG716 号

诗话浙江
## 天路透三衢
丛书编写组　编

| 出版发行 | 浙江古籍出版社 |
|---|---|
|  | （杭州市拱墅区环城北路 177 号　电话：0571-85176989） |
| 责任编辑 | 黄玉洁 |
| 责任校对 | 吴颖胤 |
| 封面设计 | 张弥迪 |
| 责任印务 | 楼浩凯 |
| 照　　排 | 浙江新华图文制作有限公司 |
| 印　　刷 | 浙江新华数码印务有限公司 |
| 开　　本 | 880mm×1230mm　1/32 |
| 印　　张 | 7.5 |
| 字　　数 | 162 千字 |
| 版　　次 | 2024 年 11 月第 1 版 |
| 印　　次 | 2024 年 11 月第 1 次印刷 |
| 书　　号 | ISBN 978-7-5540-3193-3 |
| 定　　价 | 42.00 元 |

如发现印装质量问题，影响阅读，请与本社印制部联系调换。